CW00410551

El espejo
encantado

El internado mágico

El espejo encantado

Tabitha Black

ANAYA

Título original: *Mirror Magic*

www.anayainfantilyjuvenil.com
e-mail: anayainfantilyjuvenil@anaya.es

© Working Partners Limited, 2007
Publicado por primera vez en Gran Bretaña
por Hodder Children's Books
© De las ilustraciones: Margaret Chamberlain, 2007
© De la traducción: Redactores en red, 2011
© De esta edición: Grupo Anaya, S. A., 2011
Juan Ignacio Luca de Tena, 15. 28027 Madrid

Ilustración de cubierta de Patricia Gómez Serrano

Primera edición, marzo 2011

ISBN: 978-84-667-9477-0
Depósito legal: NA. 71/2011
Imprime y encuaderna RODESA
Impreso en España - Printed in Spain

Las normas ortográficas seguidas son las establecidas
por la Real Academia Española en la nueva **Ortografía
de la lengua española,** publicada en el año 2010.

*Reservados todos los derechos. El contenido de esta obra está protegido por la Ley,
que establece penas de prisión y/o multas, además de las correspondientes indemnizaciones
por daños y perjuicios, para quienes reprodujeren, plagiaren, distribuyeren o comunicaren
públicamente, en todo o en parte, una obra literaria, artística o científica,
o su transformación, interpretación o ejecución artística fijada en cualquier tipo
de soporte o comunicada a través de cualquier medio, sin la preceptiva autorización.*

Contenido

Un especial agradecimiento a Sue Mongredien.
Para Holly Powell, con muchísimo amor.

Capítulo uno

—Tengo noticias muy emocionantes que daros hoy, niñas —dijo la señorita Linnet, sonriendo a todas las alumnas de Charm Hall reunidas en asamblea—. Dentro de unas semanas recibiremos una visita muy especial.

Penny Hart se volvió hacia sus mejores amigas, Summer Kirby y Shannon Carroll. «¿De quién se tratará?», se preguntaban.

—Como sabéis, recientemente Caitlin Byrne se ha incorporado a la escuela como alumna de quinto curso —continuó la señorita Linnet—, y su madre, Marmalade, que estará de gira el próximo mes, quiere venir al internado antes de salir de viaje.

Penny se quedó boquiabierta. ¡Marmalade era la estrella pop más conocida en ese momento!

Un murmullo de excitación recorrió la sala, y Shannon, una gran admiradora de Marmalade, se agarró con fuerza del brazo de Penny, de la emoción.

—¡Tenemos que intentar conseguir su autógrafo! —dijo entre dientes—. ¡Cuando sea! ¡Y como sea!

Penny sonrió.

—Caitlin, tal vez quieras contarle a todas tus compañeras algo más sobre el acontecimiento —prosiguió la señorita Linnet—. Después de todo, es a ti a quien debemos agradecer esta grata noticia.

Penny y sus amigas fijaron toda su atención en Caitlin, que, con sus simpáticas coletas, subió al escenario. «Tiene los mismos ojos de color café de su madre», pensó Penny, «sin embargo, el color de su pelo es tan diferente al color rojizo que caracteriza el pelo de Marmalade...».

Caitlin, tímida, se dirigió a sus compañeras con un gesto de la mano.

—¡Hola! —dijo—. Como decía la señorita Linnet, mi madre quería venir a la escuela para dar un concierto antes de comenzar su gira mundial.

El salón estalló en vítores.

—¡Guau! —exclamó Penny, con la boca completamente abierta—. ¡Aquí, en la escuela!

—¡Sí! —gritó Shannon, entusiasmada.

—¡No puedo creerlo! —murmuró Summer con una sonrisa de asombro en los labios.

Penny apenas podía comprender lo que sucedía. Marmalade, la grandiosa estrella que siempre estaba en el número uno de las canciones más escuchadas, ¡vendría a Charm Hall! ¡Daría un concierto *solo para ellas*!

—¡Esto es *taaan* excitante! —exclamó Shannon—. ¡Marmalade! ¡Veremos a *Marmalade*!

—¡En *la escuela*! —rio Penny.

Con una sonrisa, la señorita Linnet pidió silencio.

—Bien. Me imagino que esta reacción significa que todas estáis contentas con la noticia —prosiguió—. Gracias, Caitlin, puedes volver a tu asiento. Ahora, debo comentar algunos temas relacionados con las maestras…

Penny intentó prestar atención a la señorita Linnet, pero era imposible. No podía pensar en otra cosa que no fuera en el concierto de Marmalade. Se la imaginaba subiendo al escenario. «Me pregunto qué se pondrá», pensó Penny, al recordar algunos de los elaborados trajes que la artista pop había usado en sus videoclips. «¿Cantará todos sus éxitos o presentará material nuevo?». De cualquier modo, Penny sabía que sería todo un espectáculo.

El resto de la asamblea transcurrió sin que lo advirtiera, y salió de su ensueño solo cuando se dio cuenta de que, alrededor, sus compañeras guardaban fila para salir del salón.

—No puedo *esperar* a ver a mis amigas para contárselo —dijo Shannon mientras se levantaba—. Se morirán de la envidia, te lo aseguro.

Summer rio.

—Ya lo creo.

—¡Estoy tan contenta de que Caitlin esté en nuestra escuela! —agregó Penny.

—No eres la única —dijo Shannon, y señaló hacia una multitud de niñas que rodeaba a Caitlin—. ¡Mira!

—¡Tu madre es *genial*! —oyó que decía alguien.

—La verdad es que te pareces a ella —dijo otra de las chicas.

—¿Quieres que trabajemos juntas en gimnasia? —le preguntó alguien más.

—¡Son unas interesadas! —dijo—. ¡Las tiene a todas encima como si fueran moscas!

—Y, sorpresa, ¿habéis visto quién está ahí? —preguntó Shannon al tiempo que elevaba la mirada al cielo—. Abigail Carter, por supuesto.

—Me lo imaginaba —rio Penny.

Abigail Carter estaba en sexto, igual que Penny; ¡era la más pesada de la escuela!

—Tu madre es fabulosa —Abigail se deshacía en halagos—. Soy su mayor admiradora. ¡Y me encanta su pelo! ¡Es *precioso*!

—Creo que voy a vomitar —dijo Penny al pasar por su lado.

Summer sacudió la cabeza.

—¡Como si a Abigail solieran preocuparle las alumnas más jóvenes que ella!

—Es una pesadilla —respondió Shannon.

—Pues, Caitlin ya es la más popular de la escuela ¡y acaba de llegar! —dijo Penny al pasar cerca de su club de admiradoras.

Penny nunca había hablado con Caitlin, pero sabía que era difícil empezar en una escuela nueva y suponía que tampoco debía de ser fácil para ella que todo el mundo pudiera hablar de su madre y que quisieran conocerla no por su amistad sino por saber acerca de su madre.

«Qué bien que mis padres no sean famosos», pensó, «¡tendría a Abigail Carter todo el día encima de mí!».

Justo en ese momento, Shannon cogió de la mano a cada una de sus amigas, a Penny y a Summer, y las arrastró por el pasillo.

—¿Qué haces? —aulló Penny, sorprendida.

—¡Vamos, rápido, al dormitorio! —dijo Shannon con una sonrisa misteriosa en los labios—. ¡Se me acaba de ocurrir la más maravillosa de las ideas!

Y no dijo ni una palabra hasta que estuvieron en la habitación del ático que compartían las tres. Velvet ya estaba allí, acurrucada a los pies de la cama de Shannon. Parecía una gata como otra cualquiera. Penny sonrió para sí: ella sabía muy bien que Velvet no era para nada común. La gatita negra que tenían como mascota, en secreto, tenía poderes mágicos.

—Odio decir esto —dijo Shannon—, pero escuché a Abigail decir algo en lo que estoy de acuerdo.

—Espera un momento —dijo Penny, y fingió que se atragantaba.

—Lo sé, lo sé —rio Shannon—. Abigail dijo que el pelo de Marmalade es precioso, y, ¿sabéis qué? ¡Lo es!

Penny advirtió que Shannon levantaba la mirada hacia el póster que colgaba sobre su cama. Era de Marmalade, cantando sobre un escenario, con sus largas mechas de color cobre.

—Esta es mi idea —dijo Shannon, con los ojos iluminados por el entusiasmo—. ¿No sería perfecto que para el concierto me tiñera el pelo del mismo color que el de Marmalade?

—¿Te teñirías el pelo de *naranja?* —preguntó Summer, sorprendida.

Shannon puso los ojos en blanco.

—¡No es naranja, Summer, es *castaño rojizo!* —la corrigió—. ¿No me quedaría increíble?

—Yo creo que el castaño rojizo sienta muy bien —dijo Penny, bromeando y mostrando sus rizos colorados por encima del hombro—. Pero ¿de verdad quieres teñírtelo?

—Para nada —dijo Shannon e hizo un gesto con la mano—. ¡Será divertido! —Fue hasta el espejo que se encontraba en la pared—. Además, creo que me quedará realmente bien.

Penny la siguió, cogió un mechón de su propio cabello y lo puso sobre el cabello rubio de Shannon para que pudieran imaginarse cómo quedaría.

—Mirad —dijo Shannon, triunfal—. ¡Me quedaría genial! —Volvió a mirar el póster.

—El color del pelo de Marmalade es un poco más intenso que el tuyo, Penny, así que yo usaría un tono distinto, pero creo que quedará genial.

—Es verdad —coincidió Summer—, pero ¿cómo te vas a teñir?

—Puedo hacerlo yo misma —respondió Shannon, entusiasmada—. Estoy segura de que no me costará demasiado. Mi madre se tiñe siempre. Además, seguro que Abigail se muere de envidia. ¡Ay, estoy impaciente por ver el resultado! Ese mismo sábado, Penny y sus amigas se acercaron al pueblo para ir de compras y la primera parada fue para comprar el tinte.

—Un tono *fuego* me sentará bien —sugirió Shannon, que sostenía una caja de tinte en la mano.

—¿*Fuego*? —repitió Penny al tiempo que cogía el envase—. Para mí es más bien naranja mandarina. ¡El cabello de la modelo es naranja intenso, Shannon!

—Además, es un tinte permanente —señaló Summer—. Tus raíces rubias aparecerán a medida que te crezca el pelo. ¿Por qué no compras uno que se elimine con los lavados?

Shannon se encogió de hombros.

—¿*Bronce*, entonces? —sugirió mientras cogía otro tinte—. ¡Mirad, la modelo del envase hasta se *parece* a Marmalade!

—Se parece un poco —coincidió Penny.

—Y este creo que es semipermanente —agregó Summer—. Es decir que, si no te sienta bien, al menos no tendrás que llevarlo durante mucho tiempo.

Shannon rio.

—¡Me sentará bien, Summer! —dijo, confiada, dirigiéndose ya hacia la caja registradora—. No puede ser tan difícil.

Al salir de la tienda, las tres amigas se encontraron con Abigail.

—No sabía que aquí vendieran algo para curar el síndrome del patito feo —dijo Abigail, desagradable, cuando vio que Shannon llevaba una bolsa.

Shannon suspiró profundamente.

—En primer lugar, imagino que no hablarás de otra persona que de ti, Abigail —respondió— y, para ser honesta, no deberías ser tan dura contigo misma.

Abigail se puso colorada.

—Eh, yo…

—Y en segundo lugar —continuó Shannon, tranquila—, lo que tengo en esta bolsa te pondrá totalmente verde de la envidia. ¿Quieres ver qué es?

Shannon balanceó la bolsa ante sus ojos para provocarla.

Abigail bufó.

—No creo en pociones mágicas, Shannon, y lo único que me podría hacer sentir envidia de *ti* ¡es un milagro!

Penny no pudo evitar notar que los ojos de Abigail se detenían, curiosos, en la bolsa de Shannon, como si estuviera intrigada por su contenido.

Shannon guiñó un ojo.

—Espera y verás —fue todo lo que dijo.

De regreso en la escuela, las tres amigas subieron las escaleras hasta su habitación, y Shannon desapareció en el cuarto de baño para concentrarse en su cabello.

—¿Te gustaría ir a la piscina a nadar? —preguntó Penny a Summer mientras buscaba en su cómoda su traje de baño. Era un día caluroso, y se sentía pegajosa después del intenso día de compras.

—Me apetece mucho —dijo Summer, y cogió una toalla.

Antes de salir de la habitación, comprobaron que Shannon seguía encerrada en el baño.

—Iremos a nadar. ¡Ven a buscarnos cuando seas una chica nueva! —dijo Penny.

—Lo haré —gritó Shannon.

Penny y Summer nadaron algunos largos hasta que se sumaron a un partido de waterpolo.

—Me estoy arrugando —dijo Summer después de un rato, al mirarse los dedos—. ¿Crees que Shannon vendrá?

Penny miró su reloj y vio que habían estado en el agua durante casi una hora.

—Parece que no —dijo—. Vamos, salgamos de la piscina y entremos un poco en calor. Me *muero* por ver su pelo.

Se envolvieron en sendas toallas y desaparecieron escaleras arriba. Penny empujó la puerta del dormitorio, expectante, y se encontró con Shannon, que permanecía de pie frente al espejo. Tenía la mirada clavada en su reflejo y parecía asustada. Tenía los ojos llenos de lágrimas… ¡y su cabello estaba de color naranja, como el de una zanahoria!

Capítulo dos

—¡Oh, no! —exclamó Penny al tiempo que se llevaba una mano a la boca.

—Pues, la verdad es que es... distinto —dijo Summer con prudencia.

Shannon dejó escapar un suspiro.

—Con «distinto» quieres decir «horrible», ¿verdad? ¡Ya sé que parezco una tonta!

Penny se acercó a su amiga y la abrazó, comprensiva.

—Pero ¿qué ha pasado? —preguntó.

Shannon se lamentó.

—Me lo dejé puesto durante demasiado tiempo —admitió—. No leí bien las indicaciones y este ha sido el resultado. ¡Todo el mundo se morirá de la risa cuando me vea!

—No te queda tan mal —dijo Summer, tratando de ser amable.

—El color de pelo natural de muchas chicas es precisamente este —dijo Penny. Intentaba que su amiga se sintiera mejor—. Además, así destacarás entre una multitud.

Shannon sonrió, aunque tenía lágrimas en los ojos.

—Vamos, sed sinceras. Tendré que dejar Charm Hall para siempre, si no quiero convertirme en un auténtico hazmerreír. Podría despedirme de vosotras y de Velvet ahora, y empezar a hacer las maletas —bromeó.

A la mención de su nombre, Velvet se bajó del alféizar de la ventana de un saltito y se acercó a las tres amigas. Shannon la acarició. De repente, parecía esperanzada.

—Oye, gatita, sabemos que eres capaz de hacer cosas extraordinarias —dijo en un tono suave—. ¿Existe alguna posibilidad de que con tu magia cambies el color de mi pelo? Por favor...

Velvet pestañeó ante la mirada de Shannon y luego comenzó a lamerse una pata. No había el menor indicio de magia, pues sus bigotes no brillaban ni se movía su cola.

Shannon suspiró.

—Supongo que no —dijo en un tono sombrío.

—Espera —intervino Summer—. Velvet se está limpiando las patitas. ¡Tal vez esa sea su forma de decirte que te laves el pelo! Velvet siempre se expresa de una manera ingeniosa, y el tinte no era permanente, ¿verdad? ¡Debería irse después de algunos lavados!

Los ojos de Shannon se iluminaron.

—¡Claro! —exclamó, y se levantó de un salto—. Buscaré el envase para ver con cuántos lavados desaparecería.

Y salió de la habitación. Regresó pocos minutos después con la caja del tinte en la mano.

—El color desaparecerá entre las tres y las seis semanas de su aplicación —leyó en voz alta y se desanimó—. ¿Entre las tres y las seis *semanas?* ¡No puedo esperar tanto! —gruñó.

—Ah, pero recuerda, eso es solo si te lavas el cabello con normalidad —le recordó Penny mientras hacía sus cálculos—. Más o menos, a una persona que se lava el cabello todos los días, le duraría cuarenta y dos lavados. Como máximo.

—Ahí lo tienes —agregó Summer—. Solo necesitas lavarte el pelo cuarenta y dos veces. ¡Así de fácil!

Shannon se quedó pensativa.

—Pues ¡no hay tiempo que perder! —exclamó y se encerró en el cuarto de baño.

Penny suspiró.

—Tengo la sensación de que Shannon pasará muchísimo tiempo allí dentro durante los próximos días —le dijo a Summer.

Summer asintió con la cabeza.

—¡Será mejor que compremos algún bote más de champú!

—No te sienta tan mal —dijo Penny de modo tranquilizador aquella misma noche mientras se dirigían escaleras abajo hacia al comedor para cenar.

Una expresión de tristeza marcaba el rostro de Shannon.

—No es verdad. ¡Todos me miran!

Penny se mordió el labio. Shannon tenía razón: la *miraba* todo el mundo, y era bastante difícil ignorar los murmullos y risitas que se propagaban como reguero de pólvora por el comedor.

Hasta Juliana, la cocinera, parecía contener una sonrisa mientras les servía la cena.

Penny y sus amigas acababan de sentarse a la mesa cuando vieron acercarse a Abigail en compañía de su amiga Mia. Los ojos de Mia se abrieron de par en par cuando vio el cabello de Shannon, aunque en seguida sonrió en un intento de disimular su primera reacción.

Por supuesto, Abigail no se molestó en ocultar su regocijo y rio a carcajadas.

—¡Vaya, vaya! —dijo—. Shannon se ha convertido en una zanahoria. ¿Es una moda nueva, al estilo de Shannonlandia?

—Ignórala —le dijo Summer en voz baja.

—¡Déjala en paz! —le dijo Penny a Abigail—. Estoy segura de que tendrás mejores cosas que hacer que meterte con ella.

Abigail sonreía con una expresión triunfal en el rostro.

—Oh, sí, pero dime antes una cosa: ¿debería sentir envidia? —preguntó.

Shannon levantó la vista de su plato y fulminó con la mirada a Abigail.

—Supongo que eso es un «no» —dijo Abigail, y se dirigió a paso lento hacia su mesa.

Shannon permaneció en silencio el resto de la cena. Nada, ni siquiera la tarta de manzana, su postre favorito, podía levantarle el ánimo.

Cuando las tres amigas salieron del comedor, pasaron junto a Caitlin. La estudiante de quinto le sonrió a Shannon de manera amistosa, pero esta estaba tan desanimada que ni siquiera lo notó.

—Lo del tinte salió mal —explicó Summer en voz baja.

Caitlin asintió con la cabeza.

—A mamá también le sucedió una vez cuando se dejó el tinte demasiado tiempo —dijo.

—¿De verdad? —preguntó Shannon. De repente, se sintió más animada—. ¡Eso fue lo que me sucedió a mí!

Penny sonrió. Su amiga se alegró con la idea de tener algo en común con su heroína, ¡aunque no fuera más que un problema con el pelo!

—Atención, Stark a la vista —susurró Summer.

Penny levantó la mirada y su corazón se detuvo cuando vio que la señora Stark, la maestra de Matemáticas, se acercaba por el pasillo. Habían pasado algunos días, y las niñas se dirigían hacia el patio de juegos para disfrutar del recreo de la mañana.

—¿Qué es lo que lleva en la mano? —preguntó Shannon.

—Parece una de esas cajas para transportar gatos —respondió Summer—. ¡En casa tenemos una igual!

Penny se quedó con una sensación incómoda. La caja era de plástico, azul, y tenía agujeros en el costado. De pronto, la asaltó un pensamiento terrible. No tendría a Velvet atrapada dentro, ¿o sí?

—¡Niñas! —dijo la señora Stark en tono glacial, y se detuvo justo ante ellas—. Estoy buscando un gato negro pequeñito. Lo he estado viendo con frecuencia, últimamente, por la escuela; ¡recorre los pasillos, sin temor, como si se encontrara en su casa! —Hizo una mueca de indignación—. Imagino que estáis al tanto de que no se aceptan mascotas en la escuela. Espero atraparlo hoy. Lo llevaré a un refugio para animales. ¿Lo habéis visto en alguna parte?

«¡Refugio para animales!», se alarmó Penny. «¡No podemos permitir que la señora Stark lleve a Velvet a un refugio para animales! Su hogar es Charm Hall, ¡y lo ha sido durante siglos!

—N-no, señora Stark —tartamudeó Shannon—. No hemos visto nada.

Summer y Penny confirmaron de inmediato lo dicho por su amiga.

La señora Stark las examinó detenidamente con desconfianza.

—Pues, seguiré mi búsqueda. Soy alérgica a los gatos, y la idea de que haya uno cerca no me agrada en absoluto —dijo, y continuó su camino diciendo por encima del hombro—: Avisadme si lo veis por aquí, ¿de acuerdo?

«¡Ni lo sueñe!», pensó Penny. De ninguna manera permitirían que la señora Stark atrapara a su querida gatita.

Justo entonces, Penny vio que algo de color negro se dirigía a la maestra.

La señora Stark se giró hacia las niñas y señaló a Velvet, triunfal.

—¡Allí está! —exclamó—. ¡Ven aquí, gatito!

—¡No, espere! —dijo Shannon, corriendo tras la señora Stark seguida por Penny y Summer.

—¡Mire, señora Stark! —gritó Summer, desesperada, y Velvet tuvo tiempo de esconderse—. ¡Creo que el gato ha entrado ahí! —Penny notó que su amiga había señalado hacia la dirección contraria. Pretendía despistar a la maestra.

Pero la señora Stark la ignoró y se dirigió directamente a la sala a la que había entrado Velvet.

Las tres amigas la siguieron.

—Así que, ¡aquí estás! —dijo la señora Stark al tiempo que se acercaba a la gatita, que estaba sobre el alféizar de la ventana y se limpiaba una pata como si no tuviera ninguna otra preocupación en el mundo.

—¿Por qué no la dejamos libre? —sugirió Shannon, con optimismo—. Tal vez pertenezca a alguien del personal de jardinería, o…

La señora Stark parecía totalmente ajena a las palabras de Shannon.

—¡Ven aquí, granuja! —dijo cogiendo a Velvet, malhumorada. Abrió la caja azul y puso a la gatita dentro.

—Listo —dijo, y cerró bien la tapa—. ¡Te atrapé!

Capítulo tres

Se escuchó un triste *miau* que provenía de la caja, y Penny sintió que se le llenaban los ojos de lágrimas. ¡La idea de que se llevaran a Velvet a otro lugar era insoportable!

—Por favor, señora Stark. Por favor, no se la lleve —dijo con un nudo en la garganta y la mirada fija en la caja. Si la señora Stark la llevaba a un refugio para animales, la pobre Velvet se asustará: el hogar de Velvet es Charm Hall.

La señora Stark la ignoró.

—La señorita Linnet se alegrará cuando le diga que he atrapado a la gata —dijo antes de estornudar—. ¡Achís! —Levantó la caja y desapareció dando grandes zancadas.

Penny, Shannon y Summer siguieron a la señora Stark hasta el despacho de la directora. Cuando llegaron ante su puerta, la señorita Linnet en ese momento salía.

—Ah, señorita Linnet —dijo la señora Stark—. Tenemos a la gatita que desde hace unos meses se pasea por la escuela. ¡*Achís!*

La señorita Linnet levantó la vista de la caja para gatos y miró a Penny y a sus amigas, y luego volvió a posarla en la señora Stark.

—Sí, estoy al tanto de la gatita —dijo. Su rostro no reflejaba ninguna emoción.

—Señorita Linnet, *¡por favor*, no permita que la señora Stark se lleve a la gata! —exclamó Shannon.

—¡Charm Hall podría tener una mascota! —dijo Penny.

—Sí, es una idea genial —añadió Summer.

La señorita Linnet levantó la mano para pedir silencio.

—¿Está ahí dentro? —preguntó señalando la caja.

—Sí —dijo la señora Stark mientras levantaba la tapa—. Está justo… ¡Oh! —dejó escapar un grito de sorpresa—. ¡Ha desaparecido! —exclamó.

Penny sentía su corazón saltar de la alegría. ¡Velvet había escapado! Se inclinó hacia delante para verlo con sus propios ojos. Era cierto. Velvet había desaparecido sin dejar rastro. ¡La caja estaba vacía!

Bueno, en realidad estaba *casi* vacía. Al asomarse a la caja, Penny pudo advertir un débil pero revelador destello dorado, ¡señal inequívoca de la magia de Velvet!

La señora Stark se quedó muda.

—¿Cómo lo habrá hecho…? No lo entiendo. La gata estaba aquí, ¡en esta caja! ¿Dónde demonios…? —bramó y miró a las niñas con el ceño fruncido—. ¡Si descubro que alguna de vosotras tuvo algo que ver con esto...!

La señorita Linnet quiso hablar.

—Esta es claramente una situación inusual —dijo—. Gracias por ponerme en conocimiento del asunto, señora Stark. Deberé tomar una decisión sobre lo que tendremos que hacer con ella cuando llegue el momento.

La señora Stark asintió con la cabeza y se marchó después de mirar por última vez la caja.

Penny y sus amigas se fueron a su habitación. Querían comprobar que Velvet estaba allí.

—Aquí está —anunció Penny al tiempo que corría hacia la cama de Summer, donde la gatita se había quedado plácidamente dormida—. ¡Oh, Velvet! —dijo y le dio un beso a su cabecita negra—. ¡Estábamos tan preocupadas por ti!

—Tendrás que ser cuidadosa —dijo Summer arrodillándose junto a Velvet y acariciándola suavemente—. Hagas lo que hagas, debes mantenerte alejada de la señora Stark.

—De ninguna manera querríamos que te llevaran lejos —dijo Shannon—. ¡Nunca!

—Entonces, ¿qué os parece? ¿Está un poco mejor hoy? —los expresivos ojos de Shannon reflejaban esperanza. Esperaba que Summer y Penny se pronunciaran sobre su pelo.

Estaban en su dormitorio, casi listas para bajar a desayunar.

—¿Creéis que mi pelo está menos anaranjado?

—Mmm… pues… —Penny quería ser delicada—. Pues, tu pelo está muy limpio —dijo, finalmente—, y, claro, los lavados te han ido bien, pero supongo que llevará algo más de tiempo.

Shannon suspiró.

—Entonces, tendré que ponerme la gorra de béisbol —dijo, y se la colocó mientras se miraba en el espejo.

—¿Cuántos lavados más te harán falta? —preguntó Summer.

—Treinta y cuatro —respondió Shannon en un tono apagado.

Penny cogió su cepillo.

—¿Terminaste con el espejo, Shan? —le preguntó—. Solo me falta peinarme para estar lista.

Pero Shannon no parecía oír a Penny. Estaba ocupada en esconder sus brillantes rizos bajo la gorra.

—Tal vez así lo pueda disimular mejor —murmuró para sí—. O quizá, si…

—Tierra llamando a Shannon —dijo Summer con su propio cepillo como micrófono—. Tus amigas terrícolas desean usar el espejo. Por favor, abandona el área del espejo. Repito: por favor, abandona el área del espejo.

—Un segundo, un segundo… —dijo Shannon. Seguía con el ceño fruncido—. Ya casi he terminado.

—Aceptémoslo, se quedará así toda la mañana —dijo Penny en tono alegre. Entonces, se le ocurrió una idea—. ¡Ah! Podríamos coger ese viejo espejo en forma de estrella, Summer. ¿Recuerdas el espejo que encontramos en el sótano el año pasado?

Summer asintió.

—Buena idea —dijo—. ¿Dónde está?

Penny abrió la puerta de su armario.

—Aquí. Lo escondí aquí —dijo, levantándolo con cuidado.

Lo recorrieron con la mirada. Estaba polvoriento y agrietado, y era más pequeño de lo que recordaba Penny, pero todavía se podía una mirar en él.

—Buscaré algo con que limpiarlo —dijo Summer.

Penny lo apoyó sobre su escritorio y se cepilló el pelo reflejándose en él.

Entonces, se oyó un maullido. Penny se giró y vio a Velvet, que se acercaba lentamente a ella. La gatita se subió de un salto al escritorio de Penny y caminó alrededor del espejo olisqueándolo con su hocico negro.

—Hola, Velvet —dijo Penny, y la acarició—. ¿Quieres admirar tu belleza? —Penny siguió peinándose mientras Velvet observaba su imagen en el espejo.

—Aquí estoy —dijo Summer. Había regresado con un puñado de pañuelos.

De repente, ahogó un grito.

—¡Penny! —dijo—. ¡Mira a Velvet!

Penny bajó la mirada hacia la gatita y los latidos de su corazón se aceleraron. Los bigotes de Velvet irradiaban una luz brillante y dorada, y su rabo se movía hacia los lados.

—¡Shannon, ven, rápido! —exclamó Penny—. ¡Va a suceder algo mágico!

Capítulo cuatro

Shannon se apresuró para no perderse nada.
Mientras se acercaba, vio que del espejo ma-
naban brillantes estrellas plateadas.

Observaron sorprendidas cómo las estrellas se
arremolinaban alrededor del espejo, miles de diminutas lucecitas de plata. Las chispas rodearon el
marco hasta formar una espiral de energía que primero se movía despacio y luego cada vez más rápido, hasta que la luz inundó la habitación como si se
tratara de electricidad mágica.

—¡Guau! —suspiró Shannon—. Esto es hermoso. Pero ¿qué es lo que está sucediendo?

Apenas terminó de hablar, cuando las chispas
plateadas se encendieron de repente con tal inten-
sidad que tuvieron que cerrar los ojos. Cuando

volvieron a abrirlos, los destellos habían desaparecido por completo.

Entonces, ronroneó Velvet, alegre, y saltó hasta la cama de Shannon, donde se acurrucó.

—¡Hala! —dijo Summer—. ¿Qué ha sido todo eso?

Penny, Shannon y Summer se acercaron al espejo.

—¡Mirad! ¡Han desaparecido todas las grietas! ¡Está nuevo! —exclamó Penny, asombrada

por la brillante superficie del espejo y los miles de destellos de colores que la cubrían.

—Velvet, ¡eso sí que ha sido una buena limpieza!

—¿No os parece maravilloso? —dijo Summer, pasando la mano por el marco—. ¡Mirad! La última vez que lo vi no me di cuenta de que el marco tenía cuentas incrustadas!

Penny miró el espejo. Summer tenía razón. Ahora que el marco estaba limpio podían verse las diminutas cuentas de cristal de color ámbar que lo decoraban.

—Debían de estar cubiertas de polvo —dijo Penny—. ¡Son hermosas! ¡Qué gatita más inteligente!

Summer acarició su cabecita. Parecía estar pensando en algo.

—Nunca se sabe con Velvet —dijo—. Habrá querido ayudarnos o este espejo es mágico.

Shannon miró su imagen en el espejo.

—Pues no hizo que mi pelo cambiara —se lamentó—. Tal vez podrías trabajar en eso para tu próximo truco, gatita —bromeó mientras la acariciaba, sonriente.

—Vamos chicas, será mejor que bajemos a desayunar. ¡Te veremos más tarde, Velvet!

«¡Fiebre por Marmalade en Charm Hall!», escribió Penny en la parte superior de la hoja. Era jueves, habían pasado unos días, y Penny estaba sola en su dormitorio. Pensaba en algún titular atractivo para el artículo que aún no había escrito y esperaba presentar a *Ecos de Charm*, la revista escolar. Leyó sus palabras una vez más, tachó «Fiebre por Marmalade» y lo cambió por «Marmalademanía».

—Este es mejor, Penny. Ahora solo tienes que escribir el artículo —murmuró.

Mordía el bolígrafo e intentaba pensar en una introducción, pero no se le ocurría nada. Penny suspiró. Tenía muchísimo interés en escribir para *Ecos*, pero este era su primer intento, y por el momento era más difícil de lo que había pensado. Sus amigas ni siquiera estaban allí para ayudarla: Summer estaba en su clase de gimnasia, y Shannon, en la sala de ordenadores, buscando en internet soluciones para desastres con tintes para el pelo.

Cuando Penny le preguntó a Lucinda, la directora de *Ecos*, si podía escribir una crítica del concierto de Marmalade para la revista, Lucinda negó con la cabeza y se disculpó.

—Lo siento —dijo—. Ya hay alguien trabajando en ello.

—¿Y podría escribir un artículo sobre la víspera, entonces? —sugirió Penny—. Por ejemplo, con información sobre cómo se siente la gente en la escuela ante la llegada inminente de Marmalade, y sobre los preparativos.

Lucinda asintió.

—¡Me encanta! —dijo—. ¡Eres brillante, Penny!

«Sí, brillante», pensó Penny. Solo que ahora no se sentía tan brillante. ¡No lograba encontrar el enfoque adecuado!

Penny levantó la vista de su cuaderno, y su mirada se posó sobre el espejo en forma de estrella que permanecía apoyado en su escritorio. De repente, advirtió el reflejo de Velvet. La gata estaba sentada en el alféizar de la ventana que tenía detrás, completamente empapada. A través del espejo vio la ventana, que estaba abierta, y que el cielo estaba cubierto por enormes nubarrones. Frunció el ceño. Ni siquiera había *oído* la lluvia; ¡debía de haber estado demasiado concentrada!

Penny vio que Velvet se sacudía y lo llenaba todo de gotas de lluvia. Sonrió y buscó una toalla que pudiera usar para secar a la gatita. De pronto se detuvo, confundida. Velvet ya no estaba en el mismo sitio: ahora se encontraba sobre la cama de Summer, dormida. Además, ni siquiera estaba lloviendo. Cuando Penny se asomó, ¡el cielo estaba azul y el jardín completamente seco!

«Pero, si acabo de ver caer la lluvia a través del espejo», pensó Penny, y se giró para verlo de nuevo, pero ahora el hermoso espejo antiguo solo reflejaba el rostro sorprendido de Penny y la ventana y el cielo azul detrás.

—¡Qué curioso! —exclamó Penny.

Entonces oyó un maullido, y se fijó en Velvet, que se paseaba por la cama de Summer. Penny la acarició; se sentía desconcertada.

—Debo de haber estado trabajando muy duro —murmuró—. ¡Tanto que ahora veo cosas extrañas!

—¿Hablas sola? —le preguntó Shannon, que acababa de entrar en el dormitorio—. Es el primer signo de locura, ¿sabes? —Arrojó la gorra sobre la cama. Tenía las mejillas encendidas y parecía molesta.

—¿Estás bien? —preguntó Penny.

Shannon negó con la cabeza.

—Stark me vio con la gorra puesta y me dijo que me la quitara y la dejara aquí —dijo—. Está otra vez merodeando por los pasillos en busca de Velvet. —Shannon se agachó para acariciar a la gatita—. Asegúrate de que no se mueve de aquí, ¿vale? —le advirtió—. No queremos que la dragona te atrape.

—¡De ninguna manera! —coincidió Penny.

Shannon dejó escapar un profundo suspiro.

—Me molesta no poder usar mi gorra —dijo, afligida—. Todas verán mi pelo ahora. Y se burlarán de mí, estoy segura. —Se llevó las manos a la cabeza—. No hay nada que hacer: hasta que mi pelo vuelva a ser como antes, tendré que quedarme aquí y salir solo para ir a clase y comer, para nada más.

Penny dirigió a su amiga una mirada severa.

—La Shannon de siempre nunca se hubiera hundido de esta manera —dijo en un intento por animarla—. ¿Dónde está tu fuerza?

Shannon se encogió de hombros.

—Se fue por el desagüe con el champú —suspiró—. Se ha ido, Penny. ¡Se ha ido!

Un grito de alegría despertó a Penny.

—¡Sí! ¡Por fin lo he conseguido! —exclamó Shannon, contenta.

Penny se desperezó y buscó a Shannon con la mirada, esta sonreía ante la imagen que le devolvía el espejo estrellado.

—¿A qué se debe tanto alboroto? —quiso saber Summer, todavía adormilada.

Shannon se giró hacia Penny y Summer. Estaba emocionada.

—¡Gracias! —dijo con una sonrisa—. Tengo el pelo mucho mejor, ¿verdad? ¡No puedo creerlo! Debe de haberse aclarado mientras dormía...

Penny se frotó los ojos, volvió a mirar a Shannon y luego miró a Summer, confundida. ¡Shannon tenía el pelo exactamente igual que la noche anterior! A juzgar por la expresión más bien perpleja de Summer, su amiga pensaba lo mismo.

De cualquier modo, Penny no quería arruinar el buen humor de Shannon, sobre todo porque había estado tan triste durante los últimos días...

—Ejem..., sí —dijo vagamente—. Qué buena noticia, Shan.

—Vamos —las apremió Shannon—. Salid de la cama. Es sábado y quiero divertirme. Ya no necesito seguir escondiéndome. ¿Qué os parece un partido de tenis después del desayuno?

Sin esperar respuesta, abrió el armario y buscó su raqueta. Penny metió la cabeza debajo de la almohada, perezosa, pero se incorporó de repente, como si fuera un resorte, cuando Shannon dejó escapar un quejido agudo.

—¡Nooooo!

—¿Qué pasa? —preguntó Penny. Ya estaba bastante intranquila. ¡Shannon actuaba de un modo muy extraño esa mañana!

Ahora estaba frente al espejo del dormitorio y miraba horrorizada su reflejo.

—Pero... pero... —tartamudeó—. ¡Si mi pelo sigue siendo naranja chillón!

Summer miró a Penny como si se preguntara si Shannon hablaba en serio.

—Pues... sí —dijo en tono amable—. Lo sabemos.

—¡Pero en el otro espejo...! —se quejó Shannon. Corrió hacia el espejo en forma de estrella para volver a mirarse. Sus hombros se desplomaron cuando vio lo naranja que se veía su cabello en él—. No lo entiendo —dijo, triste—. Hace un instante mi pelo parecía casi normal.

Penny frunció el ceño.

—Tal vez no estuvieras del todo despierta —sugirió.

Shannon parecía profundamente abatida.

—Es posible —cedió, inexpresiva.

Penny miró el espejo con curiosidad mientras Shannon se lavaba el pelo de nuevo. Penny sospechó que el antiguo espejo tenía algo fuera de lo común, aunque en ese momento parecía como otro cualquiera. Se acercó a él para verlo de cerca. «¿Qué sucede aquí?», se preguntó.

Capítulo cinco

—¿**P**odríais prestarme atención, niñas? Tengo un anuncio que hacer y creo que todas estaréis interesadas en oírlo. —Tras las palabras de la señorita Linnet, reinó el silencio. Todas las alumnas de Charm Hall levantaron la mirada de sus platos de desayuno.

«La señorita Linnet no suele hacer anuncios durante el desayuno», pensó Penny extrañada, «¡y menos durante el fin de semana!». ¿Qué podría ser tan importante como para no poder esperar hasta el lunes?

—Gracias —dijo la señorita Linnet—. Acabo de recibir una llamada de la asistente de Marmalade, la señorita Becky.

Shannon dejó caer la cuchara en su plato de cereales, afectada.

—¡Oh, no! ¡Han cancelado el concierto! —dijo entre dientes.

Penny miraba a la directora con temor por lo que fuera a decir a continuación. Esperaba que Shannon no estuviera en lo cierto. ¡Todas quedarían muy desilusionadas si se cancelaba la presentación de Marmalade!

—No os alarméis tanto, niñas. ¡Son *buenas* noticias! —dijo la directora en respuesta a los rostros preocupados que la rodeaban—. Marmalade pidió que, durante su actuación del próximo sábado, seis estudiantes de Charm Hall suban al escenario a bailar con ella. Ahora bien, si ninguna está interesada en bailar con Marmalade...

—Yo —gritó alguien.

—Yo lo estoy —dijo otra voz desde una de las mesas del fondo.

—... Deberán presentarse ante la señorita Mackenzie, que se encargará de organizar la prueba de selección. Habrá una reunión esta tarde, después del almuerzo, en el polideportivo. Eso es todo por ahora. Por favor, continuad con vuestros desayunos. —Volvió a tomar asiento e inmediatamente se oyeron las voces de todas comentando la noticia.

Penny dirigió una mirada de complicidad a sus amigas.

—Entonces, ¿os vais a presentar?

Summer negó con la cabeza.

—Tengo un examen de gimnasia en unos días. Creo que es suficiente motivo de preocupación para mí. ¿Y tú, Shannon?

—Para ser sincera, estoy tan impaciente por ver a Marmalade en concierto que no quiero que *nada* arruine ese momento. Imaginad que sois las bailarinas: estaríais nerviosas durante todo el concierto antes de vuestra actuación ¡y luego todo pasaría sin que os dierais cuenta! No merece la pena.

—Entiendo lo que quieres decir —dijo Penny con una sonrisa—. De cualquier modo, no es que tengamos muchas posibilidades, sobre todo con gente como Alice Morgan y Hope Sanderson. Son magníficas bailarinas.

—Es cierto, pero no creo que todas las bailarinas que se presenten sean mejores que nosotras —señaló Shannon—. ¡Apuesto a que las pruebas serán fáciles! ¿No sería genial poder ver las pruebas por un agujerito?

—Claro... —coincidió Summer.

Al oír las palabras de Shannon, a Penny se le ocurrió una idea.

—¡Se me ha ocurrido una idea genial! —dijo en voz baja—. Podría escribir un artículo para *Ecos* sobre las pruebas, para ello tendría que hablar con algunas de las chicas que se vayan a presentar y hacer un seguimiento de sus pruebas. Habrá historias para todos los gustos. Triunfos y fracasos, alegrías y lágrimas. ¡Es un plan perfecto!

Shannon asintió con la cabeza.

—Toda una reportera —dijo, y terminó su desayuno—. Entonces..., ¿sigue en pie el partido de tenis?

Penny negó con la cabeza.

—Lo siento. Tendréis que jugar vosotras —respondió—. En cuanto termine de desayunar, iré a buscar a Lucinda para contarle mi idea. Pensándolo mejor, me iré ahora mismo y tomaré algunas notas. ¡Os veré más tarde!

—¡Sí, me gusta! —dijo Lucinda cuando Penny le habló de su proyecto en la sala de redacción—. Todo lo relacionado con el concierto será noticia importante para la escuela... —Sonrió—. Bien hecho, Penny. Podrías relacionar esto con tu idea original sobre la víspera del concierto. Ambos artículos se complementarían. También podrías entrevistar a Caitlin para saber qué piensa sobre todo esto.

Cuando salió de la redacción, Penny seguía ensimismada. Se asomó a la ventana del pasillo y se quedó mirando las pistas de tenis. Se preguntaba si sus amigas estarían allí, quería contarles su conversación con Lucinda, pero no había ni rastro de ellas. El cielo estaba gris, como si estuviera a punto de llover. ¡Tal vez por eso Shannon y Summer habían desechado la idea de jugar el partido!

Entonces se dirigió a la sala de juegos y asomó la cabeza por la puerta. Sus amigas tampoco estaban allí, pero estaba Caitlin, sola como siempre, acurrucada en uno de los mullidos sillones, hojeaba una revista.

«Genial», pensó Penny al tiempo que se dirigía hacia su compañera. ¡Si Caitlin estaba dispuesta, podría empezar la entrevista en ese mismo momento!

—Caitlin, me preguntaba… —dejó de hablar al oír la voz de alguien que entraba al salón.

—Pues si quieres mi opinión, ¡todo esto es un error! —se quejaba el hombre—. No puedo entender *por qué* Marmalade quiere dar un concierto en esta estúpida escuela. Es decir, la acústica no es como la de un estadio, ¡y no ganará ni un duro con esto!

Penny se dio la vuelta y vio que un hombre, vestido con pantalones tejanos y una camisa negra, entraba a la sala acompañado por una mujer de cabello castaño. El hombre llevaba el pelo brillante, peinado hacia atrás, y tenía una mueca de malhumor en los labios, y Penny no pudo evitar notar que su acompañante no parecía precisamente contenta de ir con él. Pudo advertir que le hizo un gesto a Caitlin, que se había puesto inmediatamente de pie.

El hombre y la mujer se dirigieron hacia ella, y Penny se sintió completamente fuera de lugar.

—Oh… lo siento. Tal vez podamos hacerlo en otro momento —le dijo Penny a Caitlin, pues se sentía algo incómoda.

—No te preocupes —respondió Caitlin—. No tienes que irte por nosotros. Tú eres amiga de Shannon, ¿verdad?

—Sí, me llamo Penny, y estaba a punto de preguntarte si te importaría que te hiciera una entrevista para la revista de Charm Hall.

Caitlin sonrió.

—Eso suena genial —dijo—. Ya que están aquí, déjame presentarte al equipo que trabaja con mi madre. —Se giró hacia la mujer—. Ella es Becky, la asistente de mamá, y él es Alex, el nuevo representante de mamá.

Caitlin sonreía, pero Penny notó que su tono de voz se había vuelto frío al presentarle a Alex.

—Así es —dijo Alex casi sin mirar a Penny—. De cualquier modo, si se va a seguir adelante con esta cuestión de la escuela…

—*Así es* —intervino Caitlin con firmeza.

—Entonces, será mejor que nos pongamos manos a la obra —dijo Alex sin prestar atención a la interrupción de Caitlin—. Becky, comunícate con el equipo para el tema de las luces y del sistema de sonido.

Becky se apresuró a sacar un cuaderno de su bolso y escribió en él sus instrucciones.

—También tengo la lista final con las nueve canciones que presentará Marmalade —añadió Alex—. Por suerte, pude convencerla de que eliminara las canciones con menos fuerza, pero... ¡cuánto me costó!

Becky recorrió la lista con la mirada y, hubo algo que la desconcertó, pero en seguida se recompuso. ¿Es que en la lista había algo que no convencía a la asistente de Marmalade?

—Además —ladró Alex—, están los cambios de vestuario indicados arriba. Necesitaremos un nuevo estilista; Toni sigue de vacaciones. Y será mejor que insistas en que Marmalade ha de contar con un camerino adecuado. —Miró a su alrededor con desprecio—. No puedo imaginarme que este lugar pueda ofrecerle a Marmalade la cla-

se de comodidades a las que está acostumbrada, así que es posible que tengas que obrar algún tipo de milagro. De cualquier modo, para eso te pagamos. —Su teléfono comenzó a sonar—. Debo atender la llamada. Después, iré al pueblo. Te veré más tarde. —Dicho esto, salió de la sala, sin esperar respuesta, ladrando instrucciones a alguien más por teléfono.

Se hizo el silencio. Entonces Caitlin dejó escapar un profundo suspiro.

—Uf —refunfuñó—. ¿Por qué lo contrataría mamá?

Becky se encogió de hombros.

—Es eficiente —respondió—. Es solo que no tiene ni modales ni encanto que complementen su eficiencia.

Penny miró hacia la puerta. Sentía que se había inmiscuido en una conversación privada, ¡y Caitlin parecía haber olvidado que estaba allí!

Se aclaró la garganta.

—Caitlin, yo…

—Ah, Penny, ¡lo siento! Creerás que todos somos como él —se disculpó—. Acordemos un día y una hora para la entrevista. ¿Qué te parece mañana por la mañana, a las once?

—Perfecto —dijo Penny, satisfecha, y anotó la cita en su cuaderno de notas.

—¿Te presentarás a las pruebas de baile, Penny? —preguntó Becky.

Penny negó con la cabeza.

—No se me da nada bien —confesó con una sonrisa—. En lugar de bailar, escribiré.

—Oye, se me acaba de ocurrir que también deberías entrevistar a Becky —dijo Caitlin—. Ella es quien se ocupará de la organización. Alex *cree* que lo está organizando todo él, pero en realidad sabemos que es Becky quien termina ocupándose de todo. —Se quedó pensativa—. Es una pena que no puedas hablar con mi madre, Penny, ¡pero está tan ocupada con la gira que no puede pensar en otra cosa en este momento! —se lamentó—. Íbamos a ir juntas a la isla de Brownsea a ver las ardillas rojas —añadió—, pero ahora está demasiado ocupada para eso.

Becky rodeó a Caitlin con un brazo para animarla.

—No es culpa de tu madre —dijo—. Alex le ha preparado una agenda realmente agotadora, le ocupa todo su tiempo. —Se giró para mirar a Penny—. Con gusto dejaré que me entrevistes para tu artículo —dijo—. El lunes estaré en las pruebas, así que tal vez podríamos hacerlo entonces.

Penny sonrió. ¡Esto estaba saliendo mejor de lo que esperaba!

—Gracias —dijo—. ¡Fantástico!

Penny volvió al dormitorio. Estaba muy satisfecha con la manera en que habían salido las cosas. ¡Una entrevista con Caitlin y la asistente de Marmalade para su artículo! No estaba mal para su primer trabajo. Esperaba encontrar a Shannon y a Summer arriba. ¡No podía esperar para contárselo!

Penny empujó la puerta del dormitorio, pero allí no había nadie. ¿Dónde estaban sus amigas? Miró por la ventana y vio que llovía a cántaros. No había dudas de que Shannon y Summer ya no estaban jugando al tenis.

Entonces, vio que Velvet entraba por la ventana y se quedaba en el alféizar. Tenía el pelaje empapado. Se sacudió y las gotas de lluvia lo mojaron todo.

Penny ahogó un grito al sentir que ya había vivido esta situación. ¡Había visto esa misma escena antes, dos días atrás, en el espejo con forma de estrella!

Capítulo seis

Penny estaba secando a Velvet con una vieja toalla cuando oyó que la puerta se abría. Se giró y vio entrar a Shannon y a Summer.

—¿Estás bien? —preguntó Summer—. Pareces asustada.

—*Estoy* asustada —respondió Penny—. Acaba de suceder algo extraño. —Explicó a sus amigas que había visto a Velvet empapada, en la ventana, y que dos días atrás había visto *exactamente* lo mismo en el espejo. Se mordió el labio antes de terminar de hablar—. Creéis que estoy loca, ¿verdad? —preguntó al ver vacilar a sus amigas.

—Eh… —comenzó a decir Summer, pero Shannon la interrumpió.

—¿Sabes?, creo que el espejo está encantado —dijo—. ¿Recordáis lo que sucedió esta mañana, cuando creí verme con el pelo normal? Pues, estoy *segura* de que no fue un mero juego de luces. El espejo mostró mi cabello rubio.

Penny asintió con la cabeza.

—Yo también estoy segura de lo que vi en el espejo —dijo. Bajó la mirada hacia Velvet—. ¿Creéis que esto significa que el espejo es… mágico? ¿Será que nos muestra lo que realmente queremos ver?

Los ojos de Shannon brillaron.

—¡Oh, sí, un espejo mágico! —dijo y se acercó al espejo—. Vamos, espejo, ¡muéstrame algo milagroso! —le ordenó.

Summer y Penny también se acercaron, pero el espejo no reflejó otra cosa que sus tres rostros espectantes. De cualquier modo, Penny estaba convencida de que algo misterioso ocurría con él. ¿Por qué razón usaría Velvet su magia con el espejo en forma de estrella? ¿Qué estaría tramando? ¿Qué revelaría el espejo ahora?

Después del almuerzo, Penny se dirigió, libreta y bolígrafo en mano, a la reunión para las pruebas de baile que se celebraba en el polideportivo de la escuela. Estaba muy entusiasmada con su artículo; solo esperaba que todo saliera bien. Shannon y Summer se habían quedado en el dormitorio vigilando el espejo por si volvía a mostrar algo extraño.

Penny empujó la puerta del polideportivo. Las alumnas de Charm Hall guardaban silencio. La señorita Mackenzie y Becky hablarían sobre las pruebas.

—Hola a todas —dijo la señorita Mackenzie mientras Penny se deslizaba en un asiento en el fondo del salón y abría su cuaderno de notas—. ¡Cuánta gente! Agradezco vuestro interés. Esta es Becky, la asistente de Marmalade, juntas evaluaremos las pruebas. Becky, ¿quisieras decir algo?

Becky sonrió al auditorio.

—Hola —saludó—. Como ya debéis de saber, a Marmalade le gustaría que seis de vosotras la acompañarais en el escenario para la canción con la que cerrará el concierto: *Dímelo otra vez*.

Un murmullo de excitación recorrió al auditorio, y se oyó que alguien decía «¡Me *encanta* esa canción!».

—Las pruebas serán el lunes —continuó Becky—, y nos gustaría que preparaseis una pequeña coreografía con la canción que queráis. No tiene que ser con *Dímelo otra vez*, puede ser para cualquier canción con la que podáis demostrar vuestras habilidades para el baile.

—Gracias, Becky —dijo la señorita Mackenzie—. Ahora, recordad, niñas. La idea es que esto sea divertido. Así que no lo toméis demasiado en serio y no os desilusionéis mucho si no sois las elegidas. Todas lo pasaréis en grande durante el concierto, ya bailéis sobre el escenario o estéis entre el público.

—Si alguien tiene alguna pregunta, adelante, preguntadme lo que queráis —añadió Becky—. Si no, ¡os veré el lunes!

Algunas estaban entusiasmadas y se levantaron impacientes por empezar a ensayar, mientras que otras se quedaron conversando en grupos pequeños.

—Conozco la canción *perfecta* —anunció una chica a su amiga al pasar junto a Penny.

—¡Esto es tan emocionante! —decía otra a sus amigas—. ¿Y qué nos *pondremos?*

Penny recorrió el salón con la mirada y se fijó en Melanie Adams, una de sus compañeras de clase.

—Mel, ¿tienes un minuto? —le preguntó—. Cubriré las audiciones para *Ecos*. ¿Te presentarás a la prueba?

—¡Claro! —respondió Melanie con entusiasmo.

Penny sonrió.

—Genial. ¿Podría entrevistarte sobre cómo te sientes en medio de todo este acontecimiento?

—Por supuesto —dijo Melanie con una sonrisa—. ¡También puedo decirte qué canción he elegido para mi baile!

Después de seis breves entrevistas, Penny se sentía satisfecha con su trabajo. Dos de las compañeras con las que había hablado, buenas amigas, querían presentar juntas una coreografía. Una era bailarina y quería intentar algo completamente original. La otra era muy tímida, pero gran admiradora de Marmalade, y otra de las entrevistadas estaba completamente segura de que la escogerían para bailar en el concierto. Hasta había improvisado un desenfrenado paso de baile para Penny mientras la entrevistaba.

Penny tomó algunas notas rápidas. Ahora quedaban menos, entre ellas Caitlin y sus amigas.

Abigail Carter también se iba a presentar. Las encontró en el polideportivo. Abigail estaba con Caitlin.

—¿Qué crees que preferiría tu madre, Cait? —Penny oyó lo que Abigail le preguntaba.

—Me llamo Caitlin —respondió en un tono poco amable. No querría que Abigail fuera de su club de admiradoras—. Y mi madre *no estará* en las pruebas. Becky y la señorita Mackenzie tomarán la decisión.

—Y, eh… —Los labios de Abigail dibujaron una enorme sonrisa—. ¿Y tú?, ¿tu opinión cuenta, Caitlin?

Penny contuvo la risa. Era evidente que Abigail intentaba sonsacar a Caitlin información y quizá influir en ella con la esperanza de conseguir un lugar en el escenario. «¡No se puede confiar en Abigail!», pensó Penny.

Justo en ese momento, Caitlin vio a Penny y la miró como si quisiera decirle «¡Rescátame!».

Penny captó el mensaje y se acercó.

—Necesito hablar contigo sobre nuestra entrevista de mañana —dijo antes de que Abigail, que ya había abierto la boca, pudiera formular otra pregunta—. ¿Tienes un minuto?

—Ah, hola, Penny —dijo Caitlin, agradecida y alejándose de Abigail—. Claro. Vamos a un lugar más privado. ¡Te veré más tarde, Abigail!

Con el rabillo del ojo, Penny vio que Abigail fruncía el ceño mientras ellas salían del polideportivo.

—En realidad no necesito hablar contigo —le dijo Penny a Caitlin en voz baja mientras salían al pasillo—. Pensé que necesitabas ayuda.

Caitlin asintió con la cabeza.

—Gracias por el rescate —respondió—. ¡Empezaba a pensar que nunca me libraría de Abigail!

—No cambiará nunca... —dijo entre risas una voz detrás de ellas. Era Shannon, que estaba con Summer.

—Hola, chicas —dijo Caitlin con una sonrisa—. Hala, Shannon, tienes el pelo mucho mejor ahora —dijo—. Tengo unas horquillas que te pueden ir bien, si las quieres... Le daría un toque diferente a tu peinado.

A Shannon le encantó la idea.

—¡Genial! Me las pondré. Si quieres podrías venir a nuestra habitación. Estamos en el ático, en el dormitorio Lila.

—Vale —dijo Caitlin—. ¡Os veo más tarde!

Esa noche, mientras Penny, Summer y Shannon se preparaban para ir a dormir, Shannon no dejaba de mirarse en el espejo estrellado. Caitlin le había prestado una caja llena de abalorios, de horquillas y cintas de colores, y les había enseñado a hacer trenzas.

—Apuesto a que a Stark le da un ataque y quiere que nos las quitemos. A mí me encantan —dijo Shannon moviendo la cabeza de un lado a

otro. Sus abalorios azules y plateados brillaban y le daban un aspecto alegre.

—Caitlin es muy simpática, ¿verdad? —comentó Penny, que jugaba con una de las trenzas que Caitlin le había hecho, con hilos de color esmeralda y aguamarina—. Y parece una chica tan *normal*, a pesar de la vida que ha debido de tener hasta ahora, viajando con frecuencia para acompañar a Marmalade en sus giras.

Summer sonrió.

—Gracias a eso seguro que ha tenido experiencias inolvidables.

Se paró frente al espejo estrellado para cepillarse el pelo, con cuidado de no echar a perder las cuentas rosadas y lilas que lo decoraban.

—Estoy contenta de que hayamos podido conocerla mejor y… —Dejó de hablar de repente y ahogó un grito—. ¡Oh!

—¿Qué pasa? —preguntó Penny.

Summer estaba pálida y señalaba el espejo estrellado. Penny y Shannon se apresuraron para mirar el reflejo, pero no vieron nada inusual; solo su propia imagen.

—¿Qué sucede? —preguntó Shannon.

Summer pestañeó y se frotó los ojos.

—Acabo de ver algo extraño —dijo, aturdida—. Acabo de verme *a mí* en el espejo, con mi ropa de deporte, en el examen de gimnasia. Supongo que se trata del examen que tendré el lunes. También estaba la señorita Mackenzie, pero… —Frunció el ceño—… Por alguna razón, ¡la señorita Mackenzie llevaba *muletas*!

Se hizo el silencio. Penny clavó la mirada en el espejo mientras intentaba comprender lo que Summer contaba.

—De acuerdo. Analicemos los hechos —propuso—. Yo vi a Velvet en el espejo, la gatita estaba empapada. Luego, un par de días más tarde, la imagen del espejo pasó a ser una imagen real. ¿Será posible que el espejo muestre el futuro?

Las niñas intercambiaron miradas de complicidad.

—No lo sé —respondió Shannon—. Lo que *sí* sé es que, con Velvet alrededor, ¡puede suceder cualquier cosa!

Las tres amigas miraron a Velvet, que permanecía juguetona sobre la cama de Shannon. La gatita les devolvió una mirada firme con sus ojos de color ámbar.

—Pero ¿qué le sucederá entonces a la señorita Mackenzie?

—Y ¿*cuándo*? —murmuró Summer con una expresión de preocupación en el rostro.

Capítulo siete

—U^f —suspiró Shannon al tiempo que apagaba el secador.

Era lunes por la mañana y las niñas se preparaban para bajar a desayunar.

—Estoy harta de mi pelo. Tres lavados cada mañana, más lavados por la tarde, el secador, peinar y peinar... —refunfuñó—. He tenido que deshacerme las trenzas de colores para poder lavarme bien la cabeza. Jamás seré peluquera. ¡Jamás!

Penny sonrió.

—Paciencia, parece estar funcionando. Realmente cada vez se parece más a tu color, Shan. De hecho... —dijo acercándose a su amiga— ... diría que ya está dorado. Todavía no llega a ser rubio, pero casi.

Summer asintió con la cabeza.

—Penny tiene razón —añadió—. Está mucho más claro.

—¿De verdad? —preguntó Shannon con entusiasmo. Corrió hacia el espejo estrellado y se miró en él—. ¡Oh, sí! ¡Dorado, está dorado! —exclamó, alegre.

De pronto, Penny advirtió que Summer tenía los ojos abiertos como platos.

—Chicas —dijo Summer con voz temblorosa—. ¿Os habéis dado cuenta de que el pelo de Shannon ha recuperado su color, más o menos, *dos días después* de que ella creyera verlo así en este espejo?

Penny se quedó pensativa. Luego asintió.

—Velvet también apareció empapada dos días después de que yo la viera así en el espejo.

Summer se mordió el labio.

—Eso significa que, si el espejo verdaderamente predice el futuro, la señorita Mackenzie andará con muletas cuando se cumplan dos días desde que apareció en el espejo —concluyó.

Hubo un momento de silencio mientras Penny y sus amigas permanecían boquiabiertas.

—Eso es hoy —dijo Penny en voz baja.

—¡Debemos advertirle! —exclamó Summer.

—¡Vamos! —apremió Shannon.

Las tres amigas corrieron escaleras abajo y entraron al comedor, donde algunas de sus compañeras ya estaban desayunando. Penny recorrió la mesa del personal de la escuela con la mirada, pero la señorita Mackenzie no estaba allí.

—Tal vez no haya llegado aún a la escuela —señaló Shannon.

—Cojamos algo para desayunar y vayamos al departamento de Educación Física a buscarla —dijo Penny—. Si nos damos prisa, deberíamos tener tiempo suficiente antes de la primera clase.

Las niñas cogieron unas tostadas y atravesaron el jardín de la escuela a la carrera en dirección al aula de Educación Física.

—Se me acaba de ocurrir algo. A la señorita Mackenzie le parecerá un poco extraño que aparezcamos ante ella para decirle que tenga cuidado de no lastimarse una pierna —señaló Shannon mientras corrían.

—Pues entonces tendremos que decirle que tenemos el presentimiento de que se lesionará

—dijo Penny—. No es lo mejor que podemos hacer, lo sé, ¡pero tenemos que decirle *algo!*

Penny, Summer y Shannon llegaron a las puertas del gimnasio jadeando. Al entrar, la primera persona a la que vieron fue a la señorita Mackenzie. La maestra recorría el pasillo en dirección a ellas…, en muletas.

—¡Oh, no! —gruñó Penny—. ¡Llegamos demasiado tarde!

—Hola, niñas —las saludó la señorita Mackenzie—. ¿Qué hacéis aquí? ¿No deberíais estar en clase?

—Nosotras… eh… —dijo Shannon, dubitativa.

—Solo quería confirmar la hora del examen de gimnasia —intervino Summer.

—Es a las once en punto —respondió la señorita Mackenzie.

—Gracias —dijo Summer—. Mmm, señorita, ¿está usted bien?

La señorita Mackenzie asintió con la cabeza.

—Es que me resbalé y me torcí el tobillo este fin de semana —respondió—, pero no es nada grave. Solo tengo que evitar apoyarme en él por unos días. Desafortunadamente, es más fácil decirlo que hacerlo. Hoy llegué tarde porque tuve que coger un taxi en lugar de venir en bicicleta como suelo hacer, y el conductor me llevó al lugar equivocado. —Sonrió—. Pero no es el fin del mundo. No os preocupéis. Te veré más tarde, Summer.

—Sí, señorita —dijo Summer—. La veré a las once.

Las tres niñas salieron del aula de Educación Física y se dirigieron hacia su primera clase del día.

—Me siento mal por no haber podido evitarlo —susurró Summer.

—Pero si hasta hoy no hemos sabido con certeza con cuánta anticipación predice el espejo el futuro —le recordó Penny.

—Ahora ya lo sabemos —dijo Shannon—. El espejo en forma de estrella nos muestra imágenes del futuro, ¡de cosas que sucederán solo unos dos días más tarde!

Penny no pudo dejar de pensar en el espejo en todo el día. Ella y sus amigas, entre clase y clase, subían a la habitación para asomarse al espejo con la esperanza de encontrar algo diferente reflejado en él, pero no les mostraba nada nuevo.

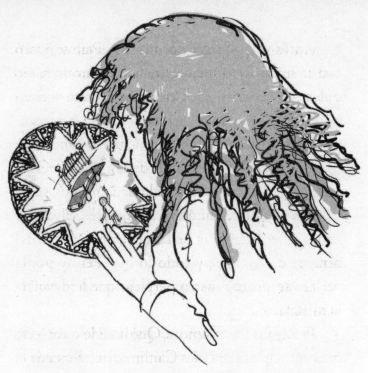

Buenas noticias sí hubo, a Summer le fue estupendamente en su examen de gimnasia.

Cuando terminaron las clases ese día, Penny subió al dormitorio a buscar su cuaderno de notas y un bolígrafo antes de que comenzaran las pruebas de baile. Summer y Shannon ya habían ido al polideportivo para ayudar con los preparativos, y Penny estaba verdaderamente ansiosa por ver las pruebas. El domingo le había hecho una excelente entrevista a Caitlin y tenía la seguridad de que escribiría una buena historia de todo ello.

Antes de salir del dormitorio, Penny buscó con la mirada el espejo estrellado. Entonces, vio que ante sus ojos se desarrollaba una nueva escena, se quedó de piedra.

En el espejo podía ver a Caitlin. Un coche negro se detenía a la entrada de la escuela y Caitlin saludaba con la mano a alguien antes de subir al coche. Unos segundos más tarde, el coche arrancaba y se alejaba de la escuela. Luego, la escena se desvaneció, y todo lo que Penny podía ver era su propio rostro perplejo que le devolvía la mirada.

Penny frunció el ceño. «¿Qué ha sido esto? —se preguntó—. En dos días Caitlin se marchará de la escuela en un coche negro. Pero ¿por qué me ha mostrado esto el espejo?».

No podía dejar de mirarlo, sumida en sus pensamientos. ¡Cómo deseaba que el espejo estrellado pudiera enseñarle de nuevo aquellas imágenes! Quería ver la escena una vez más para asegurarse de que no se había perdido ningún detalle importante.

—¿Adónde se dirigía Caitlin? —murmuró—. Y ¿por qué has querido mostrármelo?

Capítulo ocho

Una multitud llenaba el polideportivo, al menos la mitad de la escuela estaba allí. Penny divisó a Shannon y a Summer en un rincón, junto a los altavoces, y corrió hacia ellas.

—Esto es una pesadilla —gruñó Shannon cuando llegó Penny—. Se presentarán más de cuarenta chicas, lo que significa que tenemos más de cuarenta canciones que poner en orden. Y, como si eso fuera poco, muchas chicas han dejado sus CD sin nombre, y…

—¡Acabo de ver algo en el espejo encantado! —interrumpió Penny—. Pero no sé qué significa.

Shannon dejó de hablar en seguida.

—¿Cómo? —preguntó.

—¿Qué has visto? —quiso saber Summer.

Penny describió los acontecimientos, y las tres permanecieron en silencio.

—Tengo la sensación de que el espejo nos muestra estas cosas por alguna razón —dijo Summer, reflexiva—. Pero…

—¿Niñas? ¿Cómo vais? —dijo la voz de la señorita Mackenzie desde el otro extremo de la sala—. ¿Ya estáis listas?

—¡Casi! —respondió Shannon.

—Lo siento, Penny. Debemos continuar —dijo Summer—. Pero seguiremos pensando en esto. Con suerte, alguna de nosotras descubrirá de qué se trata.

—Claro —respondió Penny—. Os veo después.

Tomó asiento y abrió su cuaderno para anotar algunas ideas sobre el clima en la escuela anterior a las pruebas. Se habían colocado filas y filas de sillas para el público. Becky y la señorita Mackenzie estaban sentadas detrás de una larga mesa cubierta de papeles.

Voces y risitas nerviosas llenaban la sala.

Algunas de las participantes se presentaron con sus mejores trajes: mallas rosas y peinados sofisticados, tutús y zapatillas de *ballet*, zapatos de claqué...

De pronto, la señorita Mackenzie se puso de pie y se hizo el silencio.

—Bienvenidas, niñas. Todas habréis recibido un número —dijo—. ¿Hay alguien a quien le falte? —Nadie rompió el silencio—. Bien —dijo—. Entonces, por favor, quien tenga el número uno, creo que Jessica Gray, que se presente, ¡y comencemos!

Jessica, que llevaba una pegatina con el número «1», se dirigió al escenario improvisado. Ella era algo mayor que Penny. Vestía el uniforme de gimnasia y estaba descalza. Se situó en el centro y esperó serena la orden para comenzar. Sonó la música, con un bajo estremecedor y una melodía pegajosa, y empezó a bailar.

«¡Guau!», pensó Penny. Parecía que Jessica había cobrado vida con la música. Movía los brazos y las piernas con un ritmo perfecto. Saltaba y giraba por el escenario con energía y gracia. Penny parecía divertirse. «Jessica Gray inauguró las pruebas de manera explosiva. Definitivamente tiene el toque mágico —garabateó en su libreta—. ¡Una actuación maravillosa!».

Cuando la música terminó, todos aplaudieron y Jessica hizo una reverencia antes de volver a su asiento.

Desafortunadamente, no todas las bailarinas eran tan buenas como Jessica. Una chica llamada Maisie sufrió un terrible ataque de pánico escénico. Cuando llegó su turno, se quedó inmóvil. Penny la observó hasta que salió del salón. Había cambiado de idea y no quería hacer la prueba.

Otra compañera, Anna, estaba bailando cuando perdió uno de sus zapatos. Sorprendentemente, apenas vaciló, se sonrojó un poco y siguió bailando. Penny estaba impresionada. «Anna se comportó como una verdadera artista —escribió— ¡porque siguió con su actuación aún cuando sabía que la mitad del público podía reírse de ella!».

Melanie, del mismo curso que Penny, también bailó bien...

Luego llegó el turno de Abigail, y Penny intentó mantener la compostura mientras Abigail se dirigía al escenario, pavoneándose, vestida con leotardos, zapatos de claqué y sombrero, todo plateado. Su actuación no fue tan deslumbrante como su traje.

Cuando llegó el final de las pruebas, Penny había tomado muchas notas. La última participante terminó su prueba de baile, y la señorita Mackenzie y Becky deliberaron en voz baja antes de ponerse de pie para anunciar los nombres de las seleccionadas.

—Gracias, niñas —dijo Becky, en un tono amable—. Todas habéis puesto mucho esfuerzo en estas pruebas, por lo que no os haremos esperar más.

—Como os pedí, por favor, no os desilusionéis demasiado si vuestros nombres no están en la lista —dijo la señorita Mackenzie—. A Becky y a mí nos encantaría elegir a más de seis bailarinas, pero si lo hiciéramos no le quedaría mucho espacio en el escenario a Marmalade.

Se oyeron algunas risas, pero Penny notó que la mayoría de las participantes estaban nerviosas.

—Nuestras seis bailarinas son —dijo Becky—: Jessica Gray, Melanie Adams, Hope Sanderson, Nina Dutton, Alice Morgan y Anna Moore.

Todo el mundo aplaudió excepto Abigail, que parecía indignada por no haber sido seleccionada. Salió furiosa de la sala. Se oía el repiqueteo de sus zapatos de claqué.

A la salida, Penny logró retener a Melanie para una breve entrevista.

—¡Estoy tan entusiasmada! —exclamó Melanie—. ¡No puedo creer que vaya a estar en el escenario con Marmalade! ¡Vamos a bailar juntas! ¡Guau!

Penny también habló con Anna, la chica del zapato.

—¿A quién le importa que se me saliera el zapato del pie? ¡Lo he conseguido! —rio Anna.

Penny se dirigió después a Becky.

—Hola —la saludó—. ¿Sigue siendo posible que tengamos una conversación? Es para la revista de la escuela.

Becky sonrió.

—Por supuesto —dijo—. ¿Qué te gustaría saber?

Penny y Becky tomaron asiento, y Penny le hizo algunas preguntas que había preparado con anticipación. Becky fue muy amable y habló mucho; la entrevista fue muy amena.

—De acuerdo. Por último, quiero preguntarte sobre el equipo de Marmalade, y sobre las funciones de cada miembro de su equipo —dijo Penny—. Tal vez podríamos comenzar con su nuevo representante.

La sonrisa de Becky desapareció.

—Ah… —dudó. Parecía querer pensar muy bien sus palabras—. Alex es un… representante con mucha experiencia en la industria de la música —dijo con discreción—. Y estoy segura de que convertirá a Marmalade en una auténtica estrella, conseguirá aumentar su fama.

Penny escribió todo lo que Becky decía.

—Por supuesto que cada persona es diferente —continuó—. A nuestra representante anterior, Emma, todo el mundo la adoraba. Mientras que a Alex… —dejó la frase por la mitad, pero Penny supo a qué se refería, entendió el mensaje a la perfección: ¡el nuevo no le agradaba mucho a nadie!

—Si me preguntas a mí, te diría que Alex es un verdadero incordio —espetó Caitlin al tiempo que se sumaba a la conversación—. Quiere tenerlo todo controlado, pero tanto que llega a obsesionarse con todo. Se apropió de la vida de mi madre y nos ha separado. —Suspiró y dirigió su mirada a Penny—. Por favor, no publiques eso. Si lo haces, quizá encuentre alguna forma más de alejarme de ella. ¡Inventará un nuevo plan que la mantendrá ocupada por los próximos cinco años o algo por el estilo!

Penny sonrió.

—No lo incluiré —le prometió—. Si crees que no le va a gustar, no lo mencionaré en absoluto. ¿Hablamos entonces de la gira mundial?

Becky asintió.

—Me parece perfecto.

«¡LA FIEBRE DEL BAILE LLEGA A CHARM HALL! Se movieron, disfrutaron e hicieron gala de sus mejores pasos. Sí, las pruebas de baile para el concierto de Marmalade fueron un éxito, y fueron seleccionadas seis estupendas bailarinas. Penny Hart estuvo allí para conocer todos los detalles…».

Penny leyó su artículo al día siguiente en la sala de redacción de la revista. Estaba muy satisfecha con el resultado. Una de sus compañeras había grabado las pruebas con una cámara y había tomado excelentes fotografías para acompañar el texto.

«¡Fabuloso!», pensó Penny, contenta, y dejó el artículo impreso en el escritorio de Lucinda. «¡Si es que a Lucinda le gusta tanto como para publicarlo!».

—Gracias, Penny —dijo Lucinda, que entró justo en ese momento en la redacción—. Lo leeré esta tarde. ¿Estarás disponible mañana durante el almuerzo? Si estás libre, podríamos hablar sobre tu artículo. Tú, pasa por aquí cuando puedas.

—Por supuesto —dijo Penny—. Mañana a la hora del almuerzo está bien. ¡Te veré entonces!

Penny recorrió el camino que la separaba de su dormitorio tarareando alegremente, y aún sonreía cuando abrió la puerta de la habitación. Allí estaban Summer y Shannon. Dejó de tararear de inmediato.

—¿Qué pasa? —preguntó Penny.

—Oh, Penny —dijo Shannon—, acabamos de ver en el espejo algo terrible relacionado con Caitlin.

Penny se quedó inmóvil.

—¿De qué se trata? —preguntó, alarmada.

—Caitlin estaba sentada en lo que parecía ser una habitación de hotel —dijo Summer—. Al menos, seguro que no era la escuela. Era demasiado elegante para serlo.

—Continúa —dijo Penny.

Shannon tragó saliva.

—Pues, estaba viendo la televisión... y apareció un titular informativo en la pantalla, y la foto de Caitlin. Debajo de ella, el titular decía: «Noticia de última hora: ¡La hija de una conocida estrella del pop ha sido secuestrada!».

Penny se quedó boquiabierta.

—¿Secuestrada? ¿Secuestrarán a Caitlin? —gritó— ¡No permitiremos que eso pase!

Capítulo nueve

Shannon asintió, con una expresión sombría en el rostro.

—No estaba herida ni atada ni nada por el estilo —agregó Summer en seguida—, pero no parecía muy feliz que digamos.

Penny se dejó caer sobre su cama. Estaba aturdida.

—¿Qué hacemos? —se preguntó en voz alta.

—No lo sé —respondió Shannon—. Supongo que tendremos que estar pendientes de ella e intervenir si vemos algo sospechoso.

De repente se oyó un maullido de Velvet, parecía estar de acuerdo con la sugerencia de Shannon. Las tres amigas vieron que se subía al escritorio de un saltito y se situaba frente al espejo estrellado, con la cabeza inclinada hacia un lado.

Al ver a Velvet allí, a Penny se le ocurrió una idea.

—Oíd —dijo—. ¿Y si el secuestro tiene algo que ver con el coche negro que vi en el espejo? ¡Tal vez el conductor del coche sea el secuestrador!

Summer asintió con la cabeza.

—¡Es posible! —exclamó—. ¿Por qué nos mostraría el espejo dos escenas de Caitlin si no estuvieran relacionadas entre sí de alguna manera?

—Pero Caitlin *saludaba* a la persona que estaba en el coche como si le fuera familiar —recordó Penny de pronto—. No se trataba de alguien extraño para ella. Caitllin se acercó al coche y se subió por su propia voluntad.

Guardaron silencio mientras analizaban lo sucedido.

—Aquí hay algo extraño que no logro comprender del todo, pero algo es seguro: no debemos permitir que Caitlin se suba a ningún coche desconocido en los próximos días —dijo Shannon.

Summer asintió con la cabeza.

—Penny, tú viste el coche en el espejo ayer, ¿verdad? —dijo—. Eso significa que el coche aparecerá mañana.

Penny asintió.

—Me gustaría que pudiéramos advertir a Caitlin de algún modo. O a la señorita Linnet —dijo—. Pero ¿quién nos creería si decimos que vimos todo esto en un espejo mágico que puede predecir el futuro?

—Nadie —respondió Summer—. No podemos hacer otra cosa que convertirnos en la sombra de Caitlin durante el día de mañana para asegurarnos de que no sale de la escuela sola y de que no se mete en ningún coche extraño. Si nos aseguramos de que alguna de nosotras permanece cerca de ella todo el tiempo, entonces *no habrá manera* de que puedan secuestrarla.

—Pero no estamos en la misma clase que ella —señaló Shannon.

—No creo que nadie pueda secuestrarla durante una clase —dijo Penny—. Simplemente tendremos que seguirla entre clase y clase para asegurarnos de que llega sana y salva a todas.

Summer asintió.

—Eso es lo mejor que podemos hacer —coincidió—. Si podemos asegurarnos de que Caitlin permanezca a salvo durante el día de mañana, con suerte podremos evitar que el secuestro se realice.

Shannon se quedó pensativa.

—El único problema aquí es que si el espejo predice el futuro, ¿podremos cambiarlo? —reflexionó—. ¡Tal vez esto sea algo que tenga que suceder de manera irremediable y no hay nada que podamos hacer para evitarlo!

—O *tal vez* el espejo nos muestra el secuestro precisamente para que *podamos* evitarlo —sugirió Summer.

Penny se encogió de hombros.

—No hay manera de saberlo con certeza —dijo, frunciendo el ceño—. Pero lo que *sí* sabemos es que debemos *intentar* evitarlo.

Al día siguiente, Penny y sus amigas pusieron en marcha la «Operación Sombra». Así la llamó Shannon. Penny y Summer tenían teléfonos móviles, y aunque estaba prohibido llevarlos encima durante las clases, los escondieron en los bolsillos de sus faldas antes de bajar a tomar el desayuno.

—Si tenemos que separarnos por alguna razón, debemos mantenernos comunicadas —había concluido Summer—. Y prefiero que me regañen por llevar el teléfono encima que ver cómo secuestran a Caitlin.

—Coincido contigo —dijo Penny—. ¡Vamos!

Las niñas bajaron a desayunar, y Penny encontró a Caitlin en seguida. Estaba sentada a una de las mesas del rincón, desayunando. Penny, Summer y Shannon se sentaron cerca y se aseguraron de terminar su desayuno al mismo tiempo que ella.

Luego la siguieron mientras se dirigía a su primera clase del día.

—Tenemos suerte —dijo Shannon en voz baja cuando Caitlin entró en el aula que le correspondía—. Nuestra clase de Matemáticas es en este mismo pasillo, por lo que, cuando termine la clase, podremos salir sin perder tiempo y seguir a Caitlin hasta el aula donde le toque la siguiente clase.

Penny apenas pudo concentrarse en la clase de Matemáticas. No podía dejar de mirar el reloj, calculaba cuánto faltaba para que terminara la lección. Sabía que, cuando sonara la sirena, tendrían que tener todo guardado para poder salir corriendo del aula y seguir a Caitlin.

Por fin terminó la clase, y Penny, Shannon y Summer salieron veloces al pasillo. El grupo de

Caitlin también salía del aula en ese mismo momento. Penny dejó escapar un suspiro de alivio en cuanto vio a Caitlin, que hablaba con otra compañera.

Penny y sus amigas siguieron a Caitlin hasta la clase siguiente con cuidado de mantener una distancia prudencial entre ellas. En cuanto la vieron entrar, se quedaron tranquila.

—Por ahora, todo va bien —dijo Summer, y se sentó en su pupitre, en el aula de Francés—. Caitlin no parece haber notado nuestra presencia.

Shannon sonrió.

—Me resulta divertido hacer de detective privado —dijo—. ¡Es tan fácil!

A la clase de Francés le siguió el recreo, y las tres amigas se aseguraron de escoger un lugar desde el cual mantener vigilada a Caitlin, que estaba sentada en el césped hablando con sus amigas.

Hasta el momento no había sucedido nada fuera de lo común, y cuando sonó la sirena que anunciaba el inicio de la última clase de la mañana, Penny y sus amigas esperaron a ver qué dirección tomaban Caitlin y su grupo para ponerse en marcha.

—Se dirigen al ala de Ciencias —murmuró Shannon al ver que avanzaban hacia la parte posterior de la escuela.

A una distancia segura, Penny, Summer y Shannon siguieron a Caitlin mientras esta cruzaba la puerta, recorría el pasillo principal y finalmente se detenía ante el laboratorio de Química.

—Oh, no —gruñó Penny.

Acababa de recordar que los laboratorios de Ciencias permanecían cerrados con llave a menos que hubiera un maestro presente, por lo que Caitlin y sus compañeras tendrían que esperar en el pasillo hasta que llegara su maestro de Química y las dejara pasar. Eso significaba que Penny y sus amigas también tendrían que esperar. No podían arriesgarse y dejarla sin asegurarse de que entraba al aula sana y salva.

Desafortunadamente, el laboratorio de Química se encontraba al final de un largo pasillo, por lo que no había ningún lugar en el que las niñas pudieran esconderse. Caitlin se preguntaría qué hacían en el pasillo de Ciencias en lugar de estar en su clase.

—¿Qué hacemos ahora? —masculló Summer.

—¡Ahí viene Caitlin! —susurró Shannon—. Rápido, hagamos que miramos el tablero de anuncios.

—Hola, chicas —dijo Caitlin—. ¿Qué hacéis aquí? Si vosotras no tenéis clase de Ciencias, ¿o sí?

—Eh… nosotras… solo estábamos leyendo esto —dijo de pronto Shannon al tiempo que señalaba uno de los anuncios.

—«¡FÍSICA DIVERTIDA! Apúntate para las sesiones de los sábados» —leyó Caitlin.

—Sí, esa soy yo, una enamorada de la Física —disimuló Shannon.

—Claro —dijo Caitlin, insegura.

Penny pensó que sería mejor probar con una excusa diferente.

—En realidad paseábamos por aquí para matar el tiempo antes de la clase de Lengua —dijo—. Ya sabes cómo es la señorita Collins: si llegáramos las primeras a la clase, nos haría limpiar el encerado.

—Comprendo —dijo Caitlin, pero no parecía convencida.

Afortunadamente, el maestro de Química, llegó un instante después. Caitlin se despidió y se unió a sus compañeras.

—¡Ay, ay, ay! —dijo Shannon al tiempo que el señor Abraham abría la puerta del laboratorio y las niñas del curso de Caitlin entraban en orden—. Casi nos pilla.

—Sí —afirmó Penny mientras las tres emprendían el camino hacia la clase de Lengua—. No creo que se lo haya creído.

—Pues tendremos que ser más discretas —propuso Summer—. No debemos despertar sospechas en ella, podría empezar a hacernos preguntas incómodas.

—Ser espía es un trabajo más duro de lo que pensaba —dijo Shannon—. Pero tendremos que seguir así lo que queda del día.

Penny asintió con la cabeza.

—Todavía le puede suceder algo —dijo, nerviosa.

Capítulo diez

Sonó la sirena que anunciaba la hora de la comida, y las niñas salieron de la clase de Lengua a toda prisa.

—Chicas, debo encontrarme con Lucinda para hablar sobre mi artículo —les dijo Penny una vez que vieron a Caitlin entrar en el comedor—. Tardaré lo menos posible. De todas formas, llevo mi teléfono. Si sucede algo, llamadme.

—Vale —dijo Shannon—. Espero que a Lucinda le guste lo que has escrito.

—Yo también —se dijo Penny a sí misma, y salió de la sala hacia la redacción de la revista. ¿Y si Lucinda le decía: «La verdad, Penny, esto no es lo que estaba buscando...»?

«¡No pienses en eso!», se dijo.

Abrió la puerta de la redacción y encontró a Lucinda en su escritorio. La directora de la revista levantó la vista, tenía una gran sonrisa dibujada en el rostro.

—¡Penny! —exclamó—. ¡Excelente artículo! ¡Perfecto!

Penny se quedó inmóvil.

—¿Te ha gustado? —preguntó, agradecida.

—¿Que si me ha gustado? ¡Es *genial!* —dijo Lucinda—. Tu estilo es muy original, y el texto está repleto de anécdotas divertidas. Enhorabuena.

Penny no podía dejar de sonreír.

—¡Gracias, Lucinda! —dijo, sintiendo que se sonrojaba.

—No, gracias *a ti*, Penny —dijo Lucinda—. ¡Muchas gracias!

Penny salió de la redacción con una sensación de felicidad indescriptible. Deseaba compartir su alegría con sus padres y sus amigas.

Sin embargo, al regresar al comedor, notó en seguida que sus amigas *no* estaban de humor. Cuando se unió a ellas, advirtió que algo malo había sucedido.

—¿Por qué has tenido que hacerlo? —preguntaba Summer a Shannon mientras sacudía la cabeza.

—¡Vale! —gruñó Shannon—. Lo sé, ha sido una estupidez.

Penny quiso saber qué pasaba.

—¿Qué sucede?

—Pues, todo *marchaba* muy bien —comenzó a contar Summer en un tono grave.

—Hasta que yo lo arruiné —explicó Shannon, avergonzada.

—¿Por qué? ¿Qué ha sucedido? ¿Caitlin está bien? —preguntó Penny. Bucó a su compañera con la mirada y la encontró en una mesa cercana. Seguía con sus amigas.

—La estábamos observando *con discreción*, tal como dijimos que haríamos —explicó Summer—, e íbamos a sentarnos con ella para comer, ¡pero Shannon se sentó sobre ella sin querer!

—¿Qué? ¿Te *sentaste* sobre ella? —preguntó Penny, sorprendida. Intentó contener la risa al oír las palabras de Summer—. ¿Qué quieres decir?

Shannon suspiró.

—En realidad quería sentarme junto a Caitlin para poder averiguar qué clases tenía el resto del día, para facilitar nuestra tarea, ¿sabes? Entonces, cuando vi que Caitlin se disponía a sentarse, me deslicé hasta la silla que estaba a su lado. —Bajó la mirada—. ¡Terminé encima de ella por accidente! No se sentó donde yo pensé que lo haría.

—¡Vaya! —dijo Penny con una sonrisa—. Y ¿qué dijo ella?

Las mejillas de Shannon se encendieron aún más.

—Me miró como si fuera un bicho raro —masculló—. Y luego sugirió que almorzáramos juntas en *otro* momento. Así que supongo que tendré que mantenerme alejada de ella por un tiempo.

—Oh, no te preocupes, Shan —dijo Penny—. Lo más importante es que Caitlin está a salvo y… —Penny dejó la frase a medias porque, por el rabillo del ojo acababa de ver que alguien se acercaba a Caitlin para entregarle una nota. Caitlin leyó la nota, se levantó de la mesa y se dirigió hacia la salida del comedor.

Penny se puso de pie de un salto.

—Caitlin se está moviendo. Será mejor que la siga —dijo.

—De acuerdo, te acompañaremos —dijo Shannon, poniéndose también en pie.

Penny negó con la cabeza.

—No te lo tomes a mal, Shannon, pero posiblemente Caitlin ya ha tenido suficiente contigo por hoy. Si ve que la sigues, podría empezar a sospechar.

—Es verdad, Shan —coincidió Summer—. Nos quedaremos aquí a esperarte, Penny. Envíanos un mensaje de texto si nos necesitas.

Shannon asintió con la cabeza y volvió a tomar asiento.

—Buena suerte —dijo.

Penny salió del comedor a toda velocidad y siguió a Caitlin tan sigilosamente como pudo: se escondía a cada paso mientras Caitlin recorría un pasillo primero y luego otro.

Penny la siguió hasta la secretaría de la escuela. Llamó a la puerta antes de entrar.

Penny vio que se cerraba la puerta y se preguntó qué haría a continuación. «Al menos está en la secretaría. ¡Aquí no hay forma de que se suba a ningún cohce!», pensó.

Penny se acercó al tablero de anuncios y se fijó en un letrero sobre unas pruebas para el equipo de fútbol que la señorita Mackenzie estaba organizando.

¡Achís!

Penny dio un salto al escuchar el ruido de un estornudo fortísimo. A continuación, ahogó un grito al ver a Velvet pasar como un rayo junto a ella.

¡Achís!, sonó fuerte otro estornudo, y luego dobló la esquina la señora Stark con la nariz roja y la caja para gatos en una mano.

—¿Has visto a esa gatita negra? —le preguntó a Penny—. La acabo de ver, pero ha salido disparada antes de que pudiera atraparla.

—¿Gatita? —repitió Penny con expresión inocente.

—Sí, y no me digas que no sabes de qué estoy hablando —estalló la señora Stark—. ¡Estoy decidida a ponerle las manos encima a ese animal!

—Yo no veo ningún gato —dijo Penny con total sinceridad, mirando a uno y otro lado del pasillo con la esperanza de que Velvet hubiera escapado.

La señora Stark frunció la nariz y se acercó más a Penny.

—¿Y qué haces tú aquí? —preguntó, confusa—. Conoces las normas de la escuela: debes salir al recreo si has terminado de comer, no te puedes quedar por los pasillos.

—Solo quería… ver este anuncio —dijo Penny al tiempo que señalaba el letrero del equipo de fútbol.

—Seguro... —dijo la señora Stark—. Pues ahora que ya lo has visto, puedes salir al jardín, ¿verdad?

Penny miró hacia la puerta de la secretaría, que permanecía cerrada. No podía perderle la pista a Caitlin. No podía marcharse así, sin más. Pero la señora Stark miró a Penny con severidad.

—¡Vamos, al jardín! —la apremió.

Penny suspiró. No tenía alternativa. Debía marcharse. Se alejó de la secretaría, recorrió el pasillo y dobló en una esquina. Luego, se detuvo unos instantes y escuchó los pasos de la señora Stark mientras esta se alejaba por el pasillo en la dirección opuesta. En cuanto dejó de oír sus pasos, se sintió segura, Penny asomó la cabeza por el pasillo y comprobó que ya no había nadie. Con un suspiro de alivio, se dirigió de nuevo a la secretaría. De pronto, volvió a ver a Velvet en el pasillo.

Penny se arrodilló para acariciarla.

—Ninguna de las dos debería estar aquí, Velvet —susurró—. ¡Nos meteremos en un lío si nos descubren!

¡Achís!

—¡Oh, no! ¡Allí viene la señora Stark otra vez! —exclamó Penny. Por el sonido de sus pasos, Penny dedujo que la maestra estaba a punto de doblar la esquina del pasillo—. ¡Está aquí! —susurró Penny a Velvet. Desesperada, miró a su alrededor en busca de un lugar donde esconderse ya que no había manera de llegar al otro extremo del pasillo a tiempo, pero no había absolutamente nada tras lo que ocultarse.

¡Achís!

La señora Stark dobló la esquina. ¿Cómo explicaría Penny que aún se encontraba allí? «¿Y qué sucederá con Velvet?», pensó, temerosa.

Capítulo once

Penny estaba a punto de coger a Velvet para esconderla bajo su chaqueta del uniforme, lo que fuera para alejarla de la señora Stark, cuando de pronto los bigotes de Velvet comenzaron a brillar con una luz dorada. El corazón de Penny palpitaba de emoción mientras veía el rabo de la gata sacudirse de un lado a otro, ¡señal de que algo mágico iba suceder!

El destello dorado de los bigotes de Velvet se hizo cada vez más intenso, hasta envolverlas a las dos.

«¡Es como estar dentro de una burbuja dorada!», pensó Penny. En una nube de luz, Penny sentía un agradable cosquilleo por todo el cuerpo.

De pronto, tan repentinamente como había comenzado, la luz dorada desapareció, ¡al igual que Velvet!

Penny sintió que el cuerpo de la gatita se enroscaba en sus piernas y miró hacia abajo, ¡solo para ver que su propio cuerpo también había desaparecido! ¡Sus piernas y el resto de su cuerpo eran completamente invisibles! Se pasó un brazo por delante del rostro, pero no pudo verlo. Al darse cuenta de que se había vuelto *invisible*, igual que la gatita, sonrió. «¡Qué maravilla!», pensó Penny.

Levantó y vio que la señora Stark avanzaba por el pasillo a paso ligero en dirección a ella. Penny sentía un alivio embriagador: la astuta de Velvet la había hecho desaparecer justo a tiempo.

A pesar de ser invisible, Penny se quedó contra la pared y se mantuvo muy quieta. La señora Stark pasó junto a ella sin verla. «¡Guau!», pensó Penny. «¡Pues sí que es útil ser invisible!».

Entonces, sonó la sirena que anunciaba el inicio de las clases de la tarde, y se abrió la puerta de la secretaría. Caitlin salió y atravesó el pasillo apresuradamente.

Penny la siguió, curiosa. «¿Por qué habrá tomado esa dirección?», se preguntó. «Todas las clases se imparten en el otro ala del edificio». Se sobresaltó cuando se dio cuenta de que Caitlin en realidad se dirigía hacia la puerta principal de la escuela.

«¿Y si hay un coche negro aguardando a la salida?», se preguntó Penny. En ese momento supo que necesitaba a sus amigas, y rápido.

Mientras seguía a Caitlin a paso ligero, Penny sacó el teléfono móvil de su bolsillo. Sentía el peso del teléfono en la mano pero no podía verlo. La magia de Velvet había vuelto todo invisible. ¿Cómo haría para enviarles un mensaje a sus amigas? Penny respiró hondo: tendría que hacerlo de todas formas.

Presionó las teclas, esperando no equivocarse, y escribió un mensaje a sus amigas.

«C ABANDONA LA ESCUELA», escribió. Esperaba haber presionado las teclas correctas. «ID A LA PUERTA PRINCIPAL».

Penny pulsó la tecla de enviar y volvió a guardar el teléfono en su bolsillo. Entonces, vio que Caitlin desaparecía a través de las enormes puertas de la escuela.

«¡Por favor, que no haya un coche negro esperándola!», pensó Penny. «¡Y, por favor, que Shannon y Summer lleguen pronto!».

Penny corrió detrás de Caitlin y salió tras ella. Su corazón se detuvo: en ese momento, un coche negro se detenía frente a la escuela. ¡Era el mismo coche que ella había visto dos días atrás en el espejo mágico!

Caitlin saludó al conductor con la mano y se dirigió hacia el coche.

—¡No entres! —gritó Penny, pero los pasos de Caitlin no vacilaron. Penny supo entonces que su voz debía de haber desaparecido también.

¿Qué haría ahora? ¡No podía dejar que Caitlin se subiera a aquel coche! Pero ¿cómo podía detenerla? ¿Dónde estaban Summer y Shannon?

Caitlin abrió la puerta trasera del coche y se subió. Penny miró alrededor: no había nadie. ¡Solo ella podía ayudar a Caitlin!

De pronto, Penny sintió que algo suave y calentito se le enroscaba en las piernas. ¡Era Velvet! En ese momento, tomó una decisión precipitada.

—Velvet, tú espera aquí a Shannon y a Summer —murmuró—. ¡Yo iré con Caitlin! —Dicho esto, respiró hondo y se deslizó en el asiento trasero del coche, justo antes de que Caitlin cerrara la puerta.

Se había quedado sin aliento y el corazón le latía con fuerza. ¡Ahora sí que estaba en un bun lío! ¡Se había metido en el coche con el secuestrador de Caitlin! ¿Se convertiría en rehén también *ella*?

—¿Has tenido una buena mañana? —preguntó una voz desde el asiento delantero, y Penny ahogó un grito cuando vio quién estaba al volante. Era Becky, la asistente personal de Marmalade.

Penny intentaba comprender lo que estaba sucediendo. ¿Por qué secuestraba *Becky* a Caitlin? ¿El espejo lo habría entendido mal? ¿Ella y sus amigas habían malinterpretado el mensaje?

Sin embargo, antes de que pudiera comprender lo sucedido, vio dos siluetas que se acercaban al coche. Pensó que podían ser Summer y Shannon, que habrían recibido su mensaje y se habrían apresurado para rescatarla. Y de repente... ¡Velvet era otra vez visible! Penny sintió una vez más que le recorría un cálido cosquilleo. Miró sus manos y descubrió que ella también se había vuelto completamente visible.

—¿De dónde has salido? —preguntó Caitlin cuando la vio aparecer junto a ella en el asiento trasero..

Pero antes de que Penny pudiera siquiera pensar en inventar una excusa, Summer y Shannon se precipitaron delante del coche para bloquear su paso.

Caitlin no podía creer lo que estaba sucediendo.

—¿Y qué hacen Summer y Shannon aquí? —quiso saber.

Penny intentaba dar con alguna explicación convincente.

—Mmm… —No sabía qué decir. Lo único que le vino a la mente fue la verdad—. Pensamos que estabas en peligro —explicó— ¡e intentábamos salvarte!

Caitlin bufó.

—¿En peligro? —repitió—. No seas tonta. No íbamos a ninguna parte. Becky solo traía unas cosas para el concierto y quería hablar un momento conmigo. ¿Por qué estás tan…?

Pero antes de que Caitlin pudiera terminar su pregunta, Becky accionó el cierre automático de las puertas. Se giró para mirar a Caitlin con una expresión extraña.

—No temas, Caitlin —dijo—. Solo te mantendré escondida por un tiempo. Pero estarás a salvo, te lo prometo.

—¿*Qué?* —preguntó Caitlin, completamente desconcertada—. Becky, ¿qué estás haciendo?

Pero Becky ignoró la pregunta de Caitlin, encendió el motor y puso el coche en marcha. Y se alejó de Shannon y de Summer a gran velocidad.

Summer, Shannon y Velvet corrieron detrás del coche, pero no pudieron alcanzarlo. Penny observó con tristeza cómo se alejaba de sus amigas.

No había vuelta atrás. Esto realmente estaba sucediendo. Becky se llevaba a las dos.

—¿Qué *haces*? —gritó Caitlin.

—¡Detén el coche y déjanos salir! —exigió Penny.

Becky no respondió. Simplemente pisó el acelerador y condujo aún más rápido. Ya casi habían llegado al final del sendero, cuando a Penny le pareció ver de nuevo la silueta de Velvet. De algún modo, la gatita las había adelantado. Penny no podía dejar de mirarla, sus bigotes brillaban y movía el rabo.

¡CRACK! Se oyó un fuerte crujido.

—¿Qué es eso? —gritó Becky señalando algo a través del parabrisas.

Penny y Caitlin observaron sorprendidas cómo los dos enormes leones de piedra que flanqueaban la entrada de la escuela saltaban de sus pedestales y aterrizaban en medio del camino. Penny entornó los ojos. Les envolvía un resplandor de luz dorada.

¡Era obra de Velvet!

Uno de los leones agitó la cola como si fuera un látigo, y el otro abrió sus imponentes fauces de piedra para dejar salir un rugido atronador.

—¡No podré detener el coche a tiempo! —gritó Becky, y pisó el freno con todas sus fuerzas—. ¡Nos estrellaremos!

Capítulo doce

Penny sintió que la mano de Caitlin apretaba la suya y cerró los ojos a la espera del impacto, pero este nunca llegó. Tras un instante, Penny abrió los ojos, temerosa, y vio que el coche se había detenido a apenas unos centímetros de los leones. Se hizo el silencio, solo se oía el ruido del motor y los sollozos que provenían del asiento delantero.

Becky escondía el rostro entre las manos y estaba llorando. Caitlin había hundido la cabeza en el hombro de Penny y, ante la mirada atenta de esta, los leones regresaron a sus pedestales de un salto y volvieron a convertirse en felinos de piedra.

—Debo de estar volviéndome loca —se quejó Becky—. ¡Estoy perdiendo la razón! —Puso los brazos sobre el volante y apoyó la cabeza—. Primero intento secuestrar a la hija de mi jefa ¡y ahora veo que los leones de piedra cobran vida!

—Tal vez solo fueran gatos grandes —dijo Penny, encogiéndose de hombros—. Grandes gatos *grises*. Aunque, la verdad es que parecían leones…

Caitlin se incorporó en su asiento. Sus mejillas volvían a tener su color.

—Becky, ¡no me importan los gatos! Podrías habernos *matado* conduciendo de esa manera —dijo, furiosa—. Además, ¿adónde nos llevabas? ¿De qué querías esconderme?

Becky se enjugó las lágrimas y apagó el motor del coche.

—No quería hacerte daño —dijo—. Es solo que estaba tan… ¡tan molesta!

—¿Por qué? —preguntó Caitlin.

—¡Porque Alex dejó fuera mi canción! —estalló en un mar de lágrimas.

—¿Qué canción? —preguntó Caitlin, confundida.

—Hace unos meses escribí una canción y se la di a Marmalade —explicó Becky—. Nunca supo que era mía. Solo le dije que era de un nuevo compositor. De cualquier forma, a Marmalade le encantó y dijo que la cantaría en su gira mundial, pero luego Alex lo cambió todo... —Dio un suspiro profundo—. A él la canción no le gustó para nada. Dijo que era demasiado lenta y que no encajaba con la imagen de Marmalade. ¡Pero a *ella* le gustó! ¡Y eso significa mucho para mí!

Penny se sentía mal por Becky, pero seguía sin poder creer que la asistente de Marmalade hubiera querido secuestrar a Caitlin ¡por una canción! Le parecía que se le estaba escapando algo y echó a Caitlin una mirada inquisitiva.

—Creo que empiezo a entender... —dijo Caitlin al tiempo que miraba a Becky con compasión—. ¿La canción a la que te refieres habla sobre despedidas?

Becky asintió con la cabeza.

—Recuerdo haber oído a mamá hablar de ella. Le encantó —dijo Caitlin—. Becky... *tu madre* falleció el año pasado, ¿verdad? ¿La canción es sobre ella?

Becky dejó escapar un sollozo y asintió.

—Lo siento tanto, Caitlin —suspiró—. No quería hacete daño. Solo pensaba... quería alejarte de ella por un tiempo..., hasta que pasara el concierto.

Caitlin y Penny intercambiaron miradas de complicidad.

—Entonces, ¿planeabas llevarme a algún sitio y decirle a mamá que solo podría recuperarme si cantaba tu canción? —preguntó Caitlin.

Becky se mordió el labio y volvió a asentir, sin dejar de llorar.

—No sé en qué estaba pensando —se disculpó, tímida—. ¡Debo de haberme vuelto loca!

Caitlin suspiró.

—No deberías haberlo hecho —dijo—, pero yo sé lo que significa esa canción para ti. ¿Qué te parece si hablo con mamá y vemos si pasa por alto la decisión de Alex?

Becky se volvió a enjugar las lágrimas y se giró para mirar a Caitlin a los ojos.

—¿Lo harías? ¿Lo harías por mí? —preguntó.

—Claro —dijo Caitlin—. Lo haré. Pero ahora regresemos a la escuela y olvidémonos de esto, ¿de acuerdo?

Becky arrancó el motor y condujo de regreso a la escuela. Penny miró por encima del hombro a los leones de piedra una última vez. No podía estar segura, pero le pareció ver que uno de ellos sacudía la melena y le regalaba una sonrisa discreta...

—¡Estoy tan entusiasmada que creo que voy a explotar! —chilló Shannon girando sobre sí misma. Habían pasado algunos días, y Penny y sus amigas se preparaban para el concierto de Marmalade.

Penny se cepillaba el cabello frente al espejo estrellado y se giró para sonreírle a Shannon, que ya se había probado al menos seis vestidos diferentes y ahora iba por el séptimo.

—No explotes —dijo Penny—. ¡Te perderás el concierto si lo haces! —Volvió a mirarse en el espejo y ahogó un grito—. ¡Rápido! —dijo—. ¡El espejo!

Shannon y Summer se acercaron para ver qué sucedía. El espejo mostraba una imagen de Caitlin, Marmalade y Becky, juntas en un barco.

—¡Marmalade está en nuestro espejo! —gritó Shannon excitada—. De hecho, ¡está en nuestra habitación!

—Chist, está sucediendo algo —dijo Summer cuando cambió la imagen.

Las tres fueron testigos de cómo se acercaba la embarcación a un muelle y las pasajeras se bajaban de ella. Parecían alegres. Caminaban hacia un enorme robledal. Una ardilla roja salió de un árbol con una nuez, y Penny sonrió.

—¡Apuesto a que es la isla de Brownsea! —dijo—. ¡Ese es el lugar al que Caitlin deseaba ir con su madre!

Summer sonrió.

—Pues, parece que al final lo conseguirá —dijo, contenta.

En ese momento alguien golpeó la puerta y las imágenes en el espejo desaparecieron.

—Entrad —dijo Penny.

La puerta se abrió y entró Caitlin.

—Hola, chicas. Solo quería deciros que, después de todo, ¡mi madre *cantará* la canción de Becky esta noche!

—Me muero de ganas por oírla —dijo Penny.

—Es genial —añadió Caitlin—. Y a ella siempre le gustó. Además, me parece que se ha cansado de que Alex tome todas las decisiones por ella. Lo ha despedido y ha cancelado todos sus compromisos de trabajo anteriores a la gira, ¡así que podrá pasar algo de tiempo conmigo!

—¡Genial! —exclamó Shannon—. ¿Tenéis… eh… algún plan especial?

Penny podía adivinar las intenciones de Shannon, pero Caitlin no parecía darse cuenta.

—Mamá dice que me llevará de viaje, pero no quiere decirme adónde. Es una sorpresa —dijo, entusiasmada—. ¡Espero que sea a la isla de Brownsea, tal como lo habíamos planeado!

Penny, Summer y Shannon intercambiaron sonrisas de complicidad.

—¡Ojalá! —respondió Penny.

—Sí, eso sería magnífico —coincidió Summer.

Una vez que Penny y Summer estuvieron listas para el concierto, y que Shannon *finalmente* eligió su vestido, salieron de la habitación. Todas las alumnas de Charm Hall se dirigían escaleras abajo con sus mejores trajes. No hablaban de otra cosa que de Marmalade.

—¡No puedo creer que realmente esté *en nuestra escuela!* —seguía diciendo Shannon—. ¡Este es el mejor día de mi vida!

—¿Crees que podrá firmar algunos autógrafos? —preguntó alguien.

Todas se dirigían al salón de actos. Penny vio a la señorita Linnet y a la señora Stark entre el público. Para su sorpresa, la señora Stark parecía contenta. Pero justo cuando Penny fijó su atención en ella, arrugó la nariz y estornudó muy fuerte: ¡ACHÍS!

«Oh, no», pensó Penny. «Velvet debe de estar cerca. Pero, ¿dónde?». Recorrió el vestíbulo con una mirada rápida y vio que Velvet se dirigía hacia ella al trote. Movía la cola de un lado a otro y tenía los ojos brillantes.

Desafortunadamente, la señora Stark también la vio, y se le borró la sonrisa del rostro.

—¡Esa gata! —exclamó—. ¡Allí está otra vez! —Se agachó y cogió a Velvet. La sostenía lo más lejos posible de su cara.

—¡Señorita Linnet! —llamó a la directora—. ¡La encontré! ¡Encontré a la gatita callejera! ¡Ahora mismo llamo a la Sociedad Protectora de Animales!

Penny se asustó. Las tres amigas suplicaron por Velvet.

—Señorita Linnet, ¡por favor, no se deshaga de Velvet! —exclamó Penny.

—Sí, por favor, se podría quedar con nosotras —agregó Summer.

—¡Podría ser la mascota de la escuela! —improvisó Shannon.

La señorita Linnet apartó la vista de Velvet para mirar a las tres niñas.

—¿Dijisteis «Velvet»? —preguntó. Cogió a la gatita en sus brazos—. ¡Ya tiene nombre! —Sonrió y acarició a Velvet—. Oh, eres muy dulce, Velvet. Pero ¿qué podemos hacer contigo?

—Si lo prefiere, puedo llevarla yo misma hasta el refugio de animales —dijo la señora Stark—. ¡*Achís*! Si quiere saber mi opinión, creo que lo mejor sería librarnos de ella cuanto antes. Seguro que alguien la adoptará.

La señorita Linnet se quedó pensativa. Penny contuvo la respiración. ¡No podría soportar que Velvet tuviera que marcharse!

—Anda siempre por todas partes —dijo la señorita Linnet, sonriente—. Quizá ella nos haya adoptado a *nosotros*. —Acarició su suave pelaje con expresión pensativa—. Estoy segura de que la escuela puede alimentar una boca más —dijo finalmente—, ¡sobre todo una boca tan pequeñita!

Penny observaba la escena encantada.

—¿Quiere decir…?

—¿… que puede quedarse?

La señorita Linnet sonrió.

—Sí —dijo—. Puede quedarse. Creo que será bueno que la escuela tenga una mascota.

—¡*Achís!* —estornudó la señora Stark, que no parecía recibir con agrado la decisión de la señorita Linnet.

—Veremos si la enfermera de la escuela puede aliviar su alergia —dijo la directora—. O tal vez, Velvet pueda resolver el problema.

La gatita dejó escapar un sonoro maullido y se acurrucó en los brazos de la directora.

Penny sintió una inmensa alegría.

—¡Oh, esto es maravilloso! —exclamó—. ¡Gracias!

Shannon y Summer también sonreían.

—Gracias, señorita Linnet —dijo Summer—. ¡Es fantástico!

Shannon gritó de alegría.

—¡Estupendo! Velvet, la gata *de la escuela*...

Todas rieron. Bueno, todas menos la señora Stark, que no dejaba de estornudar.

—Disfrutad del concierto, niñas —sugirió la señorita Linnet, y dejó a Velvet en el suelo con suavidad—. Avisaré a Juliana para que a partir de ahora se ocupe también de alimentar a Velvet.

—Sabía que este sería el mejor día de mi vida —dijo Shannon, contenta, mientras se alejaba la señorita Linnet. Se inclinó para recoger a Velvet y la acarició cariñosamente.

—Ahora vamos al concierto de Marmalade, Velvet, pero te veremos más tarde. ¿De acuerdo?

Velvet ronroneó, y Penny le hizo una última caricia antes de que Shannon la dejara en libertad.

Entró en el salón de actos del brazo de sus dos mejores amigas. Penny se sentía muy feliz. Su gatita mágica había encontrado por fin un hogar y estaban a punto de ver a la gran estrella del pop en concierto.

«¡Las cosas no podrían ir mejor!», pensó Penny.